書下ろし

闇の警視　撃滅(上)

阿木慎太郎

祥伝社文庫

目次

【主な登場人物】

・暴力組織壊滅チーム（K・Sインターナショナル）

神木剛《かみきごう》……………チーフ。極道狩りを義兄・岡崎から継いだ。元警視庁公安外事課対ロシア。

下村光子《しもむらみつこ》…………サブ・チーフ。元都知事秘書。元麻薬取締官。

戸塚貴一《とつかきいち》…………元警視庁刑事部捜査第一課強行班。

関口康三郎《せきぐちこうざぶろう》………元警視庁警備部警備課。玉城組に潜入中。

柴山律夫《しばやまりつお》…………窃盗犯からスカウトされた元金庫メーカーの技術者。

伊丹八朗《いたみはちろう》…………現役の警視庁公安鑑識課。

金原秀人《かねはらひでと》…………元レーサー。

青山宗一郎《あおやまそういちろう》………警視庁公安総務課課長。チームの実質運営者。

・江満組

江満辰夫《えまたつお》…………元若頭。戸塚貴一とは幼馴染。弟。

西野加奈子《にしのかなこ》………辰夫の妻。戸塚貴一の元恋人。

江満一生《えまかずお》…………組長。『笹の川』で殺傷事件を起こしてマニラに逃亡。兄。

真鍋《まなべ》……………………若中。辰夫のボディガードになる。

熊谷《くまがや》……………………若中。一生のボディガード。一生とともにマニラに逃亡。

・三俠会関係

西田竜二《にしだりゅうじ》…………『一興会』会長。（『一興会』は『三俠会』の下部組織）

光岡高次《みつおかこうじ》…………『一興会』若頭。

吉田弘雄《よしだひろお》…………『一興会』若中。

高木俊治《たかぎとしはる》…………『三俠会』二代目会長。

林 健一《はやしけんいち》…………『三俠会』若頭。

山下信久《やましたのぶひさ》…………『三俠会』初代会長。現在は隠居。

・勝村組

勝村常次郎《かつむらつねじろう》………『笹の川』にある『勝村組』組長。通称ロミ常。

篠原真希《しのはらまき》…………西野加奈子の親友。

イム・ソン………殺し屋。元大韓民国軍特殊部隊所属。

プロローグ

「辰夫《たつお》！」

　と絶叫して辰夫に殴《なぐ》りかかっていった貴一《きいち》はなんなく突進をかわされ、同時に鳩尾《みぞおち》に一発重いパンチを受けた。この一撃で貴一は崩れ落ちた。呼吸が出来ない……。膝を突き、両手で鳩尾を押さえ、胃液を吐き、その吐いた自分の汚物の中に突っ伏すように倒れた。苦しさに涙が浮かぶ。苦悶《くもん》する貴一の前に先のとんがった黒の革靴が見える……。貴一はこれまでスニーカーを履《は》く辰夫しか知らなかった。だが、一年ぶりで会った辰夫は、履いている靴と同じように、これまで貴一が見たこともない男に変わっていた。スーツに革靴……その革靴が動いた。

「……貴一……悪かったな……」

　と辰夫が呟《つぶや》くように言った。何とか息を整え、辰夫を涙で曇《くも》った目で見上げた。

「殴るつもりはなかったんだけどな……思わず手が動いちまった」

辰夫は屈《かが》みこみ、そう言った。

「……加奈子《かなこ》に……何をした……！」

何とか頭を上げ、やっと言った。

「だから……悪かったよ。謝ったって勘弁してくれるはずはねぇけどよ。仕方ねぇだろ、なるようになっちまったんだ。加奈子はもうおまえには会わねぇって言ってる。だから、あいつのことは忘れろ」

「おまえ、加奈子に何をしたんだ！」

立ち上がり、見下ろす辰夫は、困ったように笑っていた。

「仕方ねぇだろ。加奈子はもう俺の女なんだ。放っておいたおまえが悪いんだよ。いくら口約束したってよ、離れてりゃあ気持ちだって変わるもんだからな。とにかく、あいつのことは忘れろ。今はもう俺の女なんだからよ。ややこしいことは止めとけ。おまえを痛めつけたりしたくねぇんだ。おまえはそう考えちゃあいねぇだろうけど、おまえは今でも俺のマブダチなんだからよ」

「……おまえなんか……おまえなんか……」

苦しくて声にならない。呻《うめ》くしか出来なかった。

「……おまえな……俺なんかが加奈子をものにしたのが信じられねぇんだろうがな

……」

　辰夫はもう一度腰を落とした。

「だけどよ、それじゃあ訊《き》くが、おまえ、どれくらい加奈子のことを知ってる？　あいつのおふくろがどんな商売しているのか知っているか？」

　嘔吐《おうと》感はまだ収まらない。それでも堪《こら》え、貴一は歯を食いしばって辰夫を見上げた。辰夫に言われるまでもなく加奈子の母親が四谷《よつや》でバーをやっていることは知っていた。貴一は四谷三丁目の駅に近いその店を探し当てて、やっと昨夜、加奈子がどうなっていたかを知らされたのだ。

「そんなことは……知っている！」

「それじゃあ、その店がどうなっていたか、そいつも知っているか？」

　辰夫の口調はあくまでも穏《おだ》やかだった。

「知るはずねぇよな。地元のヤクザに脅《おど》かされてよ、商売が出来なくなっちまっていたんだ。そいつを俺が片付けた。まあ、いいや、自慢してもはじまらねぇことだからな。それじゃあ、加奈子の父親のことはどうだ？　あいつの親父のことは知ってるか？」

　こみあげるすっぱい胃液を飲み下して貴一は辰夫を見つめた。加奈子の父親……。

そう言われてみると、父親が誰なのか、貴一は知らなかった。小学校の四年の時に加奈子が転校して来ると、しばらくしてから加奈子に父親がいないことが同級生の間で話題になったことがある。その頃、加奈子と母親は商店街の中ほどにある金物屋の裏の小さな家に間借りして暮らしていた。誰が言うともなく加奈子の母親が金持ちの二号だと囁《ささや》かれたが、小学四年の子供たちに、二号がどんなものかよくは解《わか》っていなかったと思う。ただ、恵まれない家庭の子なのだと、そう感じていただけだ。加奈子は母親に似て綺麗《きれい》な女の子で勉強もよく出来たから、そんな家庭環境のことはすぐに忘れられ、仲間はずれにされていたという記憶も貴一にはなかった。

「要するに、おまえはな、加奈子と付き合っていてもあいつのことは何も知らなかったってことだ。そして知ろうともしなかっただろう、違うかよ」

辰夫にそう指摘され、知ろうとしなかったのではない、と貴一は思った。加奈子の生《お》い立ちや家庭については、訊いてはいけないことのように貴一は感じていた。母親が水商売をしていることや、父親のいないことはむろん知っていたが、そのことを口にするのは加奈子を傷つけることだと、そう思っていたから、そういう話題を本能的に避けてきたのだった。加奈子も自らそれを口にしたことはなかったのだ。

「いいか、よく聴け。加奈子の親父は俺と同じよ。ヤクザだよ。懲役《ちょうえき》打たれてずっと刑務所に入っていたが、去年、中で死んだ。どうだ、そんなこと、知らなかっただろうが」

「……ヤクザだと……」

「ああ、そうだ、ヤクザだ。今の俺と同じヤクザだよ。どうだ？　おまえ、結婚する気でいたか？　加奈子はともかく、おまえはその気でいたか知らねぇがな、おまえんとこの親が、ヤクザの娘と結婚したいって言ったら、そりゃあ良かったって言うか？　学者やってる堅物の親が良かった良かったって、喜ぶかよ。ちったぁ考えてみろ。親父さんもおふくろさんもよ、涙流して反対しただろうが。おまえの兄貴や姉貴だって反対したに決まってらぁ。おまえひとりのぼせたって、おまえんとこの家族はよ、皆で反対したに決まってるんだ。結婚なんて、はっきりした話になりゃあ、加奈子は辛い目に遭《あ》っただろう。結局はよ、秀才の学生に好きなように玩具《おもちゃ》にされて捨てられるのよ、加奈子は。要するに早いか遅いかの違いでな、おまえと加奈子は別れていたはずだ。違うとは言わせねぇぞ」

辰夫はゆっくり立ち上がると、初めてヤクザらしいドスの利《き》いた声で言った。

「とにかく加奈子には近付くな。分かったな。あいつの前をうろついたら、やりたくねぇがまた痛めつける。こんどは一発殴るくらいじゃ済まねぇぞ、死にてぇって叫ぶくらい痛めつけてやる。あいつがそうしてくれって言ってるんだ。俺にそんなことさせるな。頼むぜ、貴一」

再び倒れこむ貴一から革靴が遠ざかって行く。追うことも出来ず、腹を両手で抱えたまま、貴一は再び吐瀉物《としゃぶつ》の中に倒れこんだ。呻きながら夜空を見上げた。星は無く、黒のはずの空は鉛色《なまり》に見える。夜の公園に入って来る者はいなかった。貴一は半時間ほど仰向《あおむ》けに倒れたまま夜空を見上げていた。


辰夫は、加奈子は俺の女だ、と言った。今では、たぶんそれは事実なのだろうと思う。だが……一体、辰夫はどうして加奈子を自分のものにしたのか。加奈子に何があったのか……。この数ヶ月、加奈子が貴一を避けていたことは嘘ではなかった。五月から加奈子の携帯電話は不通になり、週に一通は出していた手紙にも返事はなかった。七月になり、京都から東京に戻った貴一は自宅に帰る前に加奈子の親子が間借りしていた金物屋の裏の家を訪ねたが、加奈子が母親と住んでいた場所は空き部屋になっていた。

「ああ、西野《にしの》さんね、西野さんは引っ越したのよ、五月に……引っ越した先は……ちょっと待っててちょうだい、今調べてくるから」

と言って金物屋のおばさんは一旦奥へ引っ込むと、西野母娘の転居先を書いたメモを持ってきてくれた。貴一はその足でメモに書かれた転居先を訪ねた。メモの住所は四谷三丁目で、訪ねた先は住宅地ではなく飲み屋やスナックが並ぶ小路にあった。夜になるとましになるのか分からなかったが、まだ明るい陽の中で見るその小さな店は酷《ひど》く汚かった。こんな所に住んでいるのだろうか、と二階を見上げたが、建物の二階は麻雀《マージャン》店で住居があるようには見えなかった。

貴一は夜になるまでその店の前で加奈子の母親が出勤して来るのを待った。朝から何も食べていなかったので腹がすいたが、出来るだけ早く加奈子の母に会いたいという気持ちで、そこから一歩も離れずに待ち続けた。加奈子の母親が店に出勤して来たのは夜の八時過ぎだった。母親には以前二度ほど会ったことがあったが、夜見る彼女はまるで別人に見えた。髪を赤く染め、化粧は毒々しいほど濃かった。

「……戸塚《とつか》です……」

貴一とは違って、彼女はすぐに貴一が誰なのか分かった。

「貴一ちゃん……！　さあ、中に入って」

昼過ぎから貴一が店の前で待っていたことを知ると、彼女はまず貴一にジュースを飲ませてくれた。一気にジュースを飲み干《ほ》す貴一に、彼女は、

「昼から待っていたんじゃあ、お腹すいているのよね？　気がつかなかった。今、何か食べるもの作ってあげる」

と言い、すぐに焼きそばを作ってくれた。

「……貴一ちゃんには……申し訳ないと思ってる……でもね、どうにもならないのよ……」

彼女はガツガツと焼きそばを食べる貴一を気の毒そうに眺めて言った。

食べるのを止めて、貴一は彼女を見つめた。

「……あの子には……加奈子には分かっていたの。いくら仲が良くても貴一ちゃんとは一緒になれないって。だから、今度のことはね、あの子があなたを裏切ったって、そういうことじゃないのよ。それだけは信じてやって。おかしなことになっちゃったけど。でもね、あの子も、今はこれで良かったんだって、きっとそう思ってる」

「それって、どういうことなんですか？」

訳がわからず、貴一はそう訊き返した。

「あの子は……無理やりに……江満《えま》ちゃんに手籠《てご》めにされたのよ」

貴一には手籠め、という言葉の意味が分からなかった。

「手籠めっていうのはね、強姦《ごうかん》ってこと。強引にやられたの。その時は加奈子も悔しかったと思う。でもね、今言ったように、今の加奈子は、たぶんそれで良かったんだって思っている。あたしも……結局は、こうなる運命だったたって、今ではそう思うことにしてる。所詮《しょせん》、貴一ちゃんの家とうちとじゃあ上手《うま》く行きっこないしね。だから、あなたには悪いけど、加奈子のことはもう諦めて欲しいの。そっとしてやって欲しい……それが、加奈子のためなんだからさ」

手籠めの意味がやっと分かった。信じられないことだったが、加奈子は辰夫にレイプされたのだ！　そんな馬鹿な話があるか、と思った。辰夫は小学校からの親友だったし、加奈子とも同じだ。中学でも三人は親友だった。高校二年で辰夫は退学したが、その後も三人は以前と変わらぬ関係だった。東大受験に失敗し、貴一は京大に入ったが、東京を離れる貴一と加奈子の仲を一番気遣っていたのは辰夫ではなかったか。そんな辰夫が加奈子をレイプした……！　そんな馬鹿なことがあるか！

何も言わず、貴一は箸《はし》を投げ出して店を飛び出した。加奈子の母親が話してくれたことが本当なら……辰夫を殺してやる、とそう思った。そして何としてでも加奈子を取り戻すのだ。そのためには二人が現在どこに居るのかを突き止めなくてはならない。地下鉄の四谷三丁目駅まで来たところで、貴一はもう一度加奈子の母親の店に引き返した。蒼白《そうはく》な顔で店に入って来た貴一を見て、加奈子の母親はため息をついた。

「……お酒、飲む？」

「下さい」

と答え、出されたウィスキーを一気に呷《あお》って訊いた。

「加奈子さんの居るところを教えて下さい」

「聴いてどうするの？　放っておいてって頼んでも駄目なの？　あんたが行っても、加奈子はもう戻らないわよ……」

「どんなことをしてでも取り戻します」

「どうやって取り戻すの？」

「辰夫を殺してでも取り戻します」

ウィスキーをもう一杯注いでくれて、母親は言った。

「無理なのよ、もう。辰夫って子は、あんたが知っていたような子じゃあないの。あの子は、もう立派なヤクザ。素人《しろうと》にはね、ヤクザを相手には出来ないのよ。だから、お願いだから諦めて」

「二人の居る所を教えて下さい、お願いします」

母親はまたため息をつき、やっと二人の居場所をメモに書いて渡してくれた。

「あんたは良い子よ、貴一ちゃん。あたしの言っていること、今は分からないんだろうけど、いつか分かる時が来る。諦めなさい。悪いことは言わない、ヤクザなんか相手にしちゃあ駄目。だから、加奈子なんかより良い娘さんを探して。あんたなら、いくらでも良い娘さん見つけられるわ。お願い、そうして」

貴一はそれには答えず、メモを手に、礼を言って店を飛び出した。嘘ではなかった。どんなことをしてでも加奈子を取り戻そう、と思った。たとえ辰夫を殺してでも取り戻す。それがかなわないなら、一生かかっても取り戻す！　貴一はそう心の中で叫びながら夜の街を走り続けた。

よろよろと立ち上がり、公園の片隅にある水飲み場まで這《は》うように進んだ。汚れた口元を冷たい水で洗い、ベンチに腰を下ろすとスニーカーを見つめた。スニーカーの先が反吐《へど》で汚れている。怒りと屈辱《くつじょく》で呼吸が苦しい。呼吸がいつの間にか嗚咽《おえつ》に変わっていた。

「加奈子はよ、もう俺の女なんだからよ」

と辰夫は言った。本当にそうなのか？　理不尽《りふじん》な暴力の前には抵抗する術《すべ》はないのか？　殺してでも取り戻す、と加奈子の母親に啖呵《たんか》を切ってきはしたが、辰夫の一撃で何のことはない、反吐を吐いてのたうちまわるだけだった……。どんなに正当な理由があっても、それは理不尽な暴力の前には何の力にもなりはしない……。

貴一は三人が仲が良かった小学校から中学時代のさまざまな出来事を思い浮かべた。貴一はただのガリ勉の少年ではなかった。野球は小学校から中学、さらには受験勉強がきつくなる前までやってきたし、スポーツは万能だった。だが、人と争ったことは一度も無い。そして虐《いじ》めにも遭わなかった。それは常に傍《そば》にあの辰夫がいたからだ。辰夫はいつも貴一と加奈子を護《まも》ってくれる存在だったのだ。

そんな存在だった辰夫が……俺を殺すようなことをした！　信じられないことだったが、これが真実だった。辰夫はいつから加奈子に執着《しゅうちゃく》するようになったのだろうか。思い当たる出来事は無い。

加奈子の母親が言ったことは本当だった。加奈子の母親から貰《もら》ったメモに買いてある辰夫のアパートに加奈子が居ることは分かっていた。戸口の傍に、雨の日に加奈子がいつも手にしていた傘が立てかけてあったのだ。中に人が居ることは気配で分かった。それが加奈子だということも。だが、いくら呼んでも辰夫のアパートから加奈子は出て来なかった。代わりに車に乗ってやって来たのは辰夫だった。辰夫を呼び寄せたのは、もしかしたら部屋に居た加奈子だったのかも知れない。そう思うとどうしようもない絶望感が押し寄せた。辰夫を殺して加奈子を取り戻す、と口にしたが、それも今の自分には出来ないだろう、と思った。

「素人は、ヤクザを相手には出来ない」

と言った加奈子の母親は正しかった……。

ベンチから立ち上がった。眩暈《めまい》で夜の帳《とばり》が揺れる。辰夫を倒すことは出来ないのか……。貴一はよろめきながら公園を後にした。いつか……必ず辰夫を倒す……。いつか必ずヤクザの辰夫を倒す……！　喜一はそう呟きながら歩き始めた。

第一章　出所

一

街灯に明かりが入ってから二時間……。江満一生《かずお》は点《つ》けたばかりの煙草《たばこ》をすでに吸い殻で溢《あふ》れるほど一杯になった灰皿に押しこむと、ウィンドウを少し下ろした。車内に充満した煙が流れ出て行くと、かわりに寒気がどっと入って来る。

前方の路地からブルゾンの襟《えり》を立てて男が小走りにやって来た。江満はウィンドウをさらに下げ、真鍋《まなべ》が近付くのを待って言った。

「どうだ？」

「野郎、泊まってますよ。駐車場にママの車がありました、赤のベンベで間違いないっす！」

真鍋の鼻は寒さに赤くなっている。

「抜け道はないのか？」

「旅館の裏に道はないです、すぐ崖《がけ》ですから。そっちはサブが確かめました。部屋を確かめますか？」

宿の状況を見るのに、真鍋ともう一人、尾崎《おざき》を走らせている。

「確かめるってのはどういうことだ？」

江満はそう訊き返した。

「宿の女中から聞き出します」

「止めとけ。女中がこっちのことを春日《かすが》に喋《しゃべ》ったらどうする？」

うんざりして江満は真鍋の角刈りの小さな頭を見た。この頭の中は見た目同様、脳みそも小さいのだろう。

「分かりました、すんません」

「よし。戻ってろ」

寒そうに両手で襟を押さえながら真鍋は前方に停まっているクラウンに近付き、降りてきたがたいの大きな男に同じ報告をしてから小走りで路地に戻って行った。

前方のクラウンの男が江満のベンツにやって来た。江満は上げかけたウィンドウをもう一度下げた。やって来た松井《まつい》が言った。松井は弟の辰夫が六年の刑を打たれて刑務所入りしてから組の若頭代行として仕事を任せている。元レスラーだった男だが、体がでかい割にはまあ頭は回る。だが……辰夫にはとうてい及ばない……。そんな江満の思いなど知らぬ松井は笑みを見せて言った。

「野郎、やっぱり居ましたね」

春日がこの温泉場に逃げ込んだことは、春日と手に手を取って逃げたママの理香《りか》がこの町の銀行の支店で預金から金を引き出したことから足がついた。取引先の銀行の支店長を脅して調べあげたのだ。

「どうします、押し込みますか」

江満はまたポケットからラークを取り出した。運転席に座る熊谷《くまがや》が急いで自分のライターで江満の煙草に火を点ける。江満が煙を吐き、松井に言った。

「だめだ……野郎がチャカ持ってることを忘れるな。シャブ漬けだからな、ハジかれたらこっちが危ねぇ」

松井がチッと舌を打って呟く。

「たしかに……」

またため息をついて、江満は前方のしけた旅館に目をやった。これがアパートくらいなら危険を承知で押し込んでもいいが、なにせ小さな温泉旅館である。大人しく連れ出すことは難しいだろう。騒がれたら旅館側は警察に通報する。パトカーがやって来る前に逃げられるかも知れないが、まずいことに野郎はチャカを持っている。発砲騒ぎになれば、こっちが逃げることも危うくなる。それに、そもそも事を大きくする仕事でもないのだ。

「江満組」組長の江満一生は現在、上部団体『三俠会《さんきょうかい》』の若頭補佐の地位にある。この『三俠会』がオーナーの『クラブ・華《はな》』の店長だった春日純一《じゅんいち》がママの理香と姿を消したのが六日前。春日が持って逃げた金は売り上げのたかだか四百万ほどだが、理香は会長山下信久《やましたのぶひさ》の女だから見逃すわけにはいかなかった。

もっとも理香のほうは山下とはとうに切れていると思っていたふしがある。たしかに山下が理香を可愛がっていたのは三、四年も前の話で、今執心の女は他に三人ほどもいる。理香にしてみれば、いらなくなった自分が何をしようと、どうでもいいじゃないか、と思っていたのだろう。とうの立った、すでに関係の無くなった女がどこに行こうと、たしかに追いかけるほどのこともないだろうと江満は思うが、それでも面倒をみてやった店長の春日と手に手を取って逃げられれば、おやじも立場がないということか。だが、こういったことは本来『三俠会』の若頭である高木《たかぎ》が片を付ければいい仕事だった。

「店を置いて出て行ったんだ、四百万くらい手切れ金だと思ってくれてやったらどうですか」

と高木がおやじをなだめることが出来なかったのは、厄介《やっかい》なことに店に保管してあったチャカを一丁、春日が持ち出したらしいと分かったからだった。放っておけないと分かると高木は処理を本来関係の無い江満に投げて寄越《よこ》した。『クラブ・華』は高木の『一興会《いっこうかい》』が管理していた店だから自分の所でやればいい仕事だが、理屈をこねて江満のところに丸投げして寄越したのだ。たしかに『一興会』は目下、新《あらた》保港の防波堤工事の入札を巡るトラブルで新保港の地元組織と一触即発の状況にあり、こんなつまらない仕事に手を染めてはいられない、という事情があった。

だが、下部組織はうちの組だけじゃあねぇだろうが、と江満は思う。高木がしょうもない仕事を江満に投げてくるのは、高木にとって俺が目障《めざわ》りだからだ。なぜなら、『三俠会』の若頭という位置は本来江満が座るべき椅子《いす》だったからである。しかも、この下らない仕事は、やらされるほうの身にしてみれば、それほど簡単な仕事でもなかった。

逃げた先を突き止めるのはけっこう厄介な仕事だったし、一番の問題は春日がチャカを持ち出していることなのだ。ママの理香も店長の春日もシャブ漬けだというからなお始末が悪い。理香はともかく、シャブで狂った頭の春日はヤケクソになったらチャカを弾《はじ》くかも知れない。しけた旅館で発砲でもされて警察に通報でもされたら、えらい騒ぎになるだろう。警察を相手にしてまで割に合う仕事ではない。たかがヤク中の理香と春日を捕まえるのに、そんな博打《ばくち》は打てない。さて……どうするか……。

江満は腕の時計を見た。すでに九時を過ぎている。同じ宿に泊まるか、とも考えたが、こいつはまずいとすぐ思い直した。一見してヤクザ者と分かる客を旅館側は警戒するだろう。鞄《かばん》一つ持たないヤクザを普通の旅行客と思うはずもない。

江満は咥《くわ》え煙草のまま車を降りた。ボディガードの熊谷が慌てて車から飛び出す。

「やりますか？」

訊《たず》ねる熊谷に江満は首を横に振った。

「いや、待つしかねぇ」

闇の中に明かりが見える黒い影になった旅館を眺めて答えた。松井が寒そうにスーツの襟を立てて旅館を睨《にら》む。

「出て来るまで待つしかねぇんですかね……」

「仕方ねぇだろう。夜中に逃げるかも知れねぇ。野郎たちが出て来たところを捕まえる。それしかねぇ」

寒そうにスーツの襟を合わせた松井が頷《うなず》いた。

「分かりました、ここは俺たちが見張りますよ。親分はどこか寝る所を探して下さい。全員で見張ることたぁねぇでしょう」

「宿を探すってか？　見てみろ、近くに旅館はねぇよ」

江満は苦笑して言った。たしかにここは温泉地だ。ただし、旅館が立ち並ぶのは駅寄りで、そこまでは車で十分ほどもかかる。春日と理香が選んだ旅館は、街からかなり離れた一軒だけの宿なのだ。隠れ家とでも思ったか、渓流《けいりゅう》沿いも一番奥まった一軒宿に籠《こ》もっている。駅前まで戻れば出入りに気を遣うこともないビジネスホテルのようなものもあるから、宿泊に気を遣うこともなかろうが、こいつは何かあった時に具合が悪い。そこから飛んで戻るのにも十分以上かかってしまう。

それにしても馬鹿な奴らだと思った。温泉街もどんづまりの宿では、いざという時に逃げようがないだろう。

「よし、交代で飯だ。先にどこかで何か腹に入れてくる」

「分かりました、そうして下さい。何かあったら報《しら》せます」

松井がクラウンに戻るのを見送り、熊谷に言った。

「車出せ。下に下りて腹に何か入れる」

江満のベンツは松井たちを残してゆっくり渓流沿いの道を市街に向かって下った。五分ほど下ると商店街が見えてきた。駅前とは違い、大した店はない。コンビニ、ガソリンスタンド、その隣に軒先に赤い提灯《ちょうちん》のぶら下がった飲み屋……。三軒並ぶ先はただの民家がぽつんぽつんとあるだけだ。

「停めろ」

熊谷がガソリンスタンドの前にベンツを停めて言った。

「ガス入れますか？」

隣のコンビニを顎《あご》で示し、

「そうじゃねぇ、あそこで松井たちの弁当買って戻れ」

熊谷にそう命じると江満は車を降りた。

「おれは暫《しばら》くあそこの店で飲んでる。松井に弁当届けたら戻って来い」

「分かりました」

と答える熊谷を背に、江満はジャケットの襟を立て、ガソリンスタンドの隣にある飲み屋に向かった。看板には小料理「小松《こまつ》」とある。引き戸を開けて中に入った。左手にカウンター席が六つほど、右手にテーブル席が二つ。テーブル席で将棋を指している年寄りが二人、中年の小さな男がその将棋を眺めている。江満は立てていたジャケットの襟を戻しカウンター席に座った。カウンターの中にいる主人はいらっしゃいとも言わずに、笑顔で将棋を指す連中を眺めたままだ。江満は苦笑いで舌を打った。やっと江満に向き直った主人が、

「何にします？」

と言った。

「酒だ」

江満は鴨居《かもい》にぶら下がった献立《こんだて》を書いた短冊を見上げた。焼き鳥、おでん、刺身定食などの短冊が煤《すす》けて並んでいる。不味《まず》いだろうが、まずは熱いおでんにでもするかと視線を店主に戻した時に、

「負けた、負けた！」

という大きな声が後ろから聞こえた。白髪《しらが》の角刈りの爺《じじ》いが将棋に負けたのだ。勝ったほうの年寄りが嬉しそうに叫ぶ。

「小松ちゃん、こっちにも酒、熱燗《あつかん》で！　それから、今夜の勘定《かんじょう》は親分！」

「あいよ。ダメだねぇ、親分。角落ちなんでしょう、それでも負けたの？」

常連には愛想の良い声で店主が答えた。

「もう一局行きますか、親分？」

「止め、止め。また負けたら明日の勘定も、って言うんだろ。嫌だよ」

白髪の角刈りは大工の棟梁《とうりょう》らしいな、と江満は思った。今時、親分と言われる職業は限られている。酒が来た。江満は無愛想なおやじにおでんと焼き鳥を頼んだ。頷いただけで、あいよという返事はなかった。江満はため息をつき、ポケットからラークを取り出して咥えた。

いったいどこで下手《へた》を打ったか……。江満は八年前、恐喝《きょうかつ》の罪で五年の刑を打たれた。たかが恐喝で五年は長いが、前科があり、刑務所内でも揉《も》め事を起こしたために減刑もなく、満期で刑務所を出たら『三俠会』での立場が変わっていた。本来自分が座るはずだった若頭に『一興会』の高木俊治《としはる》が座っていたのだ。高木はそもそも族上がりのヤクザで、江満が刑務所に入るまではどちらかと言えば仲間から軽く見られていた男だった。

そんな高木が想像もしなかった出世をしていたのは、とにかくシノギが達者だったからだ。シノギがダメな江満とは対照的で、『三俠会』会長の山下信久はこれを良しとした。高木の功績を江満も否定はしない。金が出来たから『三俠会』はたしかにでかくなった。人数も増え、ついには県内一の組織になった。悔しいが江満にはそんな商才は無かった。強面《こわもて》で金を集める時代は過ぎていたのだ。それが証拠に、土建の仕事では恐喝で告訴され、簡単に五年の刑を打たれた。要するに器用ではないのだ。

「酒。コップでくれ」

江満はまだ爺いたちから目を離さないおやじに酒の催促《さいそく》をした。将棋を終えたテーブル席では白髪の短髪爺いがまだ喋っていた。年寄りの特徴なのだろうが、やたら声がでかい。

「……考えてもみろ、ロミーはよう、もう死ぬことが分かってるんだ、癌《がん》なんだからな。それでも惚《ほ》れちまうんだ、こいつはたまらねぇぜ」

周りの連中が感心したように爺いの話を聴いている。どうやら映画かなんかの話をしているらしい。

「だがな、この男ってのがえらく不細工《ぶさいく》でな、ちっともいい男じゃねぇんだ。ま、どのみち死んじまうんだから、相手は不細工でもなんでもいいようなもんだが、もってぇねぇ、そんなら俺のほうがって、そこでこっちも思うわけよ」

周りの男たちがどっと笑う。カウンターの中のおやじも笑っている。江満が酒の催促をしたのも気づかぬ様子だった。高木のことを考えていたのでそれまで気にならなかったが、でかい声は爺いだけではなかった。周囲の男たちも他の客のことなど眼中に無く馬鹿でかい声で笑っている。江満のこめかみに血管が浮き出た。

「おい、聞こえてんのか」

ドスの利いた声音に店のおやじがやっと江満に向き直った。

「なんです？」

「言っただろう、酒だ、コップでくれ」

「酒ね」

「もう一つ、そっちの爺いたちを静かにさせろ」

「え？」

「うるせぇ、って言ってるんだよ」

おやじがへらへらと笑って言った。

「いいじゃあないですか、毎晩ああやって飲んでるんですから」

「なに？」

「ロミ常《つね》の親分ですよ、お客さん。だからそっちが我慢《がまん》してくれなきゃあ」

おやじが囁くような小声で言った。江満はもう一度ロミー、ロミーと言っている白髪男に目をやった。たしかに周りの男が親分と言った……江満はだから爺いを大工の棟梁かと思ったが……ひょっとしたら田舎《いなか》ヤクザか……？　白髪の角刈りは江満の声が聞こえなかったらしく、相変わらず馬鹿でかい声で話を続けている。

「だから、どうした」

とおやじに答え、大きな笑い声がおさまるのを待って男たちに言った。

「おまえら、少しは静かに酒が飲めねぇのか。煩《うるさ》くってこっちの酒が不味くなる」

顔を見合わす男たちに白髪のおやじが、

「そりゃあ悪かった、ごめんごめん。おい、小松ちゃん、そっちのお客さんにビールでも酒でも一本サービスしてくんな」

と笑顔で言った。気に入らなかった。普通ならここで和気藹々《わきあいあい》になるところだが、ささくれている江満の心には白髪おやじのこの穏やかな対応がかえって癇《かん》に障《さわ》った。

「そんな酒はいらねぇ。それより早く頼んだ酒を出せ！」

むっとした顔でおやじが言った。

「お客さん、いいじゃないですか、おごってくれると親分が言ってるんだから」

江満はもう一度白髪の角刈りに視線を戻した。角刈りは江満に酒を、と言ったことも忘れたようにまだ大声でロミーロミーとやっている。

「いらねぇと言ってるだろう、聞こえなかったか」

江満の目つきに怯《ひる》んだように酒をグラスに注いだ。江満は干《ひ》からびたような焼き鳥

を眺めて食う気をなくした。コップ酒を一気にあおり、

「干物みてぇなもん出しやがって……まともな食い物もねえのか。早く爺いどもを黙らせろ！」

江満は取り上げた焼き鳥の串を投げ出した。むっとした顔の店のおやじが小声で言い返してきた。

「お客さん、代は要《い》らないから帰ってもらえませんかね」

「なに？」

この返答に一瞬だが驚いて、江満は店のおやじの顔を見上げた。客に対する対応にまず驚いたが、江満がどんな男かに相手は気づいていないのだ。なるほど、江満は一見ヤクザには見えない服装をしている。気の利いたウールのジャケットにズボンはGパンだ。もっとも見る者が見れば判る高価なGパンで、そこらで売っている安物ではない。まず五、六万はするGパンだ。おやじには洒落者《しゃれもの》の旅行者と映ったらしい。通常なら苦笑で済ます江満だが、後ろで大声で話す爺さんどもに苛立《いらだ》っていたために頭に血が上った。

「おやじ、今、何て言った？」

「帰ってくれって言ったんですよ」

と今度は後ろの客にも聞こえるほどの大きな声で言った。

「この野郎、それが客に言う言葉か！」

江満はそう言うとグラスを店のおやじに叩きつけた。ワッと叫んで顔面にグラスを投げられたおやじが仰け反《のぞ》る。後ろの年寄りたちの会話がぴたりと止んだ。江満は財布から一万円の札を取り出すとカウンターに叩き付け、立ち上がった。

「小松さん、大丈夫か？　いかんな、あんた、乱暴はいかんよ」

と白髪の爺いが江満に視線を向けた。

「爺い、何か言いてぇことがあるのか」

戸口に向かった江満が振り返った。爺いが言った。

「あんさん、あんた、カタギじゃねぇな？」

「今頃気が付いたか、ボケが」

江満は笑って店を出た。天から白く柔らかな雪がゆっくりと落ちて来る。隣のガソリンスタンドはこの雪でもう客は来ないと諦めたか明かりが落ちている。その先のコンビニのほうに歩き出した。

それにしても下らない仕事をやらされたものだ、とまたため息が出た。いったい俺は何でこんなところにいなきゃならんのか……と頭にかかる粉雪を払った。辰夫がいてくれりゃあ、とまた思った。これまで何度同じ思いになったことか。あいつがいりゃあこんな仕事に俺が出て来なくても済んだのだ。いや、この仕事だけじゃない。何もかも若頭だった辰夫がぱくられてからおかしくなった。

それにしても……あんな仕事を辰夫にやらせるのではなかった……。金繰りに苦しくなり、兄の一生の指示で辰夫は中国人グループと組んである食品工場の金庫を襲ったのだ。この仕事で金は奪ったが、中国人側のミスから足がつき、とどのつまりは辰夫までぱくられた。組長の江満がしょっぴかれなくて済んだのは、辰夫が単独でやった仕事だと、最後まで兄を守ったからだ。中国人の一人が工場の従業員を一人殺傷していたためにリーダーと睨まれた辰夫まで割を食い、刑期は六年とけっこう長かった……。実の弟を刑務所に送り、俺はいったい何をしているのか……。

コンビニの駐車スペースに入ったところで、その背に声が掛かった。

「待ちなよ」

振り向くと将棋を眺めていた小柄な中年のほうが立っていた。男が寄って来て言った。

「親分が行かせちゃあなんねぇって」

「なんだぁ？」

「小松さん、怪我してっからよ。あんさんがやったんだからよ」

「それがどうした」

「あんた、ヤクザだろ。カタギの人怪我させちゃあいかんと親分が言ってる。ちょっと店に戻ってもらえってよ」

「うるせえ」

江満はせせら笑って背を向けた。熊谷が戻るまでコンビニの中で待つつもりだった。二、三歩進んだところで肩を取られた。

「ダメだよ、あんさん」

振り返って舌を打った。小柄な男が無表情に見上げていた。男の小さな頭は江満の顎ほどの位置でしかない。しつこいチビが……。

「失《う》せろ！」

歩き出すとまた肩を取られた。小男相手に手荒なことをする気がなかった江満は、このしつこさにまたカッとなった。

「この野郎、怪我してぇか！」

胸倉を摑んで隣の人気のないガソリンスタンドに引き摺《ず》り込んだ。頬《ほお》を二、三発引《ひ》っ叩《ぱた》いてやろうと手を振り上げた瞬間、鳩尾に一発食らった。それは思わず屈みこむほどの一発だった。

「店に戻れって。連れて来いって親分が言ってんだからよ」

小男の話しかたは前と同じでまったく感情がなかった。

「……野郎……！」

鈍痛《どんつう》に息が出来ず、江満の言葉は呻きに近かった。やっと息を整えると、そのまま左のフックを小男の顎に叩きこんだ。……と思ったのは錯覚《さっかく》で、相手のダッキングでそのフックは空をきった。また脇腹に重い一発を食らった。江満には信じられないことだった。シノギは下手だが江満の組は武闘派と呼ばれ、組長の江満が暴力で後《おく》れを取ったことは過去にない。ボクシングをかじったおかげで、素手なら実戦でまず負けない。そんな自分が、自分の顎ほどしか背丈のない小男にいいようにやられている。

左のフックを外され、キドニーに重いパンチを食らった江満は苦痛を堪えてもう一度左を打った。これも簡単にスウェーされてかわされ、二発連続でボディーを打たれた。なぜか小男は執拗《しつよう》に腹ばかり狙ってきた。腹部に加えられる何発かの重いパンチに江満はついに堪えられず膝を突いた。

「あんさん、諦めな、あんさんは俺には勝てない」

小男が腹を抱えてうずくまる江満を見下ろして言った。

「さあ、店に戻ってくれよ、親分が戻れって言ってんだからよ」

小男が続けた。信じられないことに小男には呼吸の乱れもなかった。

「しょうがねぇな、歩けないんなら少し休んでいいからよ。だけど、必ず来いよ、分かったな。逃げたら、追いかけるからな」

小男は寒そうにジャンパーの襟を合わせながら店に戻って行く。腹を抱えた格好で江満はそのまま横倒れにコンクリートのたたきに倒れた。激しい嘔吐感、反吐を吐くのだけは何とか堪えた。呼吸が苦しく、江満は呻いた。

「……くそっ、ただじゃあおかねぇ……」

負け惜しみのような台詞《せりふ》だが、江満はヤクザだった。ヤクザである以上やられたままで引っ込むことは出来ない。それがヤクザの掟《おきて》だ。呼吸が苦しい。腹を抱えたまま、それでも何とか立ち上がった。ガソリンスタンドの壁に片手をあずけ、吐き気を堪えた。通りに車の音が聞こえた。熊谷が戻って来たのだ……。

江満の様子に気づいた熊谷がガソリンスタンドに車を乗り入れ、飛び出して来た。

「親分！　どうしたんです！」

叫ぶように尋ねる熊谷に江満は呻くように言った。

「……チャカ寄越せ……」

「……親分！」

「早く寄越せ！」

熊谷が何が何だか判らない顔でベルトからスミス・アンド・ウェッソンを抜くと、江満はひったくるようにその拳銃を手にし、よろめきながら隣の居酒屋に向かった。慌てて熊谷もその後を追った。

江満はまともな思考が出来る状態ではなかった。頭に血が上り、屈辱から来る怒りで、ただ小男を殺すことしか頭に無かった。手にした拳銃はリボルバーで、オートマチックとは違い装弾を確認する必要はない。左手で店の扉を開けると、右手の拳銃を突きだす体勢で中に飛び込んだ。白髪の角刈りの爺いの話にまだ店の者たちが笑い声をあげていた。小男も笑って角刈りの爺の傍に立っている。

「クサレ、死ね！」

片手で撃ったためか初弾は外れ、店の正面の壁に当たった。呆気《あっけ》にとられる男たちに向かって江満は両手で拳銃を持ちなおし、発砲を続けた。小男も角刈りの爺いも、向かいの席で笑っていた年寄りも呆気なく床に崩れ落ちた。逃げるのも忘れ、唖然と江満をみつめたままカウンターの奥にいる店のおやじにも発砲した。そもそもこの野郎がいけないのだ。だが、この一弾は外れ、棚に並ぶ酒の一升瓶を粉々にした。もう一発撃ったが、その時にはおやじは悲鳴をあげてカウンターの下に身を隠した後だった。

全弾を撃ちつくし、硝煙が漂う店内を見渡した。呻き声で床を這うのが角刈りの爺いとさっきの小男だと分かった。もう一人倒れたままの男は将棋の相手だ。よろめきながら後ずさると、戸口に呆然《ぼうぜん》と立つ熊谷にぶつかった。

「……親分……！」

押し出すように表に出て、江満は我を取り戻した。雪の夜道に人影はなく、走る車も見えない。江満はやっと自分が何を仕出かしたかに気づいた。角刈りの爺いと小男はたぶんヤクザだろうが、倒れて動かない年寄りはカタギだ。

「親分！」

と、もう一度熊谷が言った。

「黙ってろ！」

江満はよろめきながらマフラーから白い湯気を吐いているベンツに向かった。チッと舌を打った。またやっちまったか……。誰が死んだかは判らない。だが、一人や二人は死んだはずだ、と思った。全員射殺したならとぼけることが出来るかも知れないが、店のおやじは生きている。目撃者がいるということだ。ここでパクられたら半端な刑期では済まないだろうと錯乱《さくらん》した頭でもそのことだけは判った。

カタギを殺《や》っちまっていたら死刑か……。前科がたっぷりある身だ。逃れる術はなさそうだな、と考えたら不思議なことに気分が落ち着いた。逃げても無駄だろう。また下手を打ったか……。

ベンツのドアに手を掛け江満は訊いた。

「熊谷、予備の弾丸はあるのか？」

「持ってます」

上ずった声で答え、熊谷はジャケットのポケットから予備の弾丸を取り出した。熊谷が取り出した弾丸は四発。江満はその実包を受け取ると拳銃のシリンダーを開け、薬莢《やっきょう》を落とすと一発ずつ弾倉に新しい弾丸をつめた。シリンダーを閉じる江満に熊谷が訊く。

「どうするんです？」

「戻って店のおやじを撃ち殺す」

「駄目だ、親分、これ以上やったらやばいです！」

「どのみち先はねえよ」

と江満は再び店に向かって歩き出した。そんな江満を後ろから羽交《はが》い締めの格好で熊谷が押さえにかかった。

「親分、駄目です！　もう警察に電話かけてっかも知れないっす！」

江満の足が止まった。

「早く逃げないとやばいっすよ！」

「……逃げられるか？」

「逃げるんです！　高木さんか、山下のおやじさんに話せば何とかなりますよ！　『杉《すぎ》井《い》組』の杉井だってマニラに逃げた……！」

たしかにそんなことがあったな、と江満は熊谷を振り返った。杉井康生《こうせい》は『三俠会』の幹部で『杉井組』の組長だ。一年前に新俣港の地元ヤクザと争い、傷害致死でマニラに逃げていた。手配したのは上部組織の『三俠会』である。この前例からすれば、江満も国外に逃げられるチャンスはある。これまでおやじに尽くしたことを考えれば、山下がそれくらいの労をとっても当然だと江満は思った。やばい仕事はみんな江満のところでやってきたのだ。

「……逃げるか……」

「そうして下さい！」

「分かった」

江満は拳銃を熊谷に返すと、ゆっくり助手席に乗り込んだ。熊谷も慌てて運転席に乗り込む。

「このまま組に戻ります」

「よし、分かった」

「……頭たちには、どう言います？」

「携帯で知らせろ。急なことが出来て、俺たちはこれから組の事務所に戻るってな。野郎たちも引き揚げろと言え。春日のことはうっちゃっていい。運転しながら掛けろ」

「分かりました！」

ベンツが走り出し、江満は熊谷が若頭代行の松井に携帯で事情を話すのを聞きながら、高木の顔を思い浮かべた。高木に相談するか、それとも山下に直接話をするか。問題は時間だった。指名手配が掛かれば事務所に戻る余裕はない。組の事務所に置いてあるパスポートをどこかに届けさせなければならない。明日香《あすか》に持ってこさせればいい。明日香はこの半年、江満が可愛がっている女だ。ついでに明日香も連れて行くか……。さて、どこへ逃げるか……。熊谷が携帯を切ると江満は、

「携帯、寄越せ」

と言い、まず『一興会』へダイヤルした。

二

午前八時四十分。江満辰夫は開けられた鉄の扉を通り抜け、娑婆《シャバ》に一歩足を踏み出した。朝の陽光が眩《まぶ》しい……。門の左手にある待合所の小屋にいた三人ほどの男女が、出てきた江満に視線を走らせ、それが待っていた縁者ではないと分かったらしく慌てて目を伏せた。年寄りの男が一人、草臥《くたび》れた中年の女が二人。今日、塀の外に出られるのは江満を含めて三人だが、あとの二人はヤクザではない。痴漢《ちかん》の爺いと強姦未遂《みすい》のガキ、どっちも小便刑。

予想していたことだが、江満に迎えはなかった。まずは煙草が吸いたかった。返還された上着のポケットの中に使い捨てのライターがあるが、肝心《かんじん》の煙草はない。やっと眩しい光に慣れた目で通りを見た。通りは受刑者を搬送する道だからかなり広いが、この刑務所が行き止まりで、抜け道はない。バス停は百メートルほど先の大通りにある。

江満はゆっくり大通りに向かって歩き出した。大通りまで出ると、門衛の男から聞いたとおり、バス停はすぐ右手にあった。バスが出たばかりなのか、待つ人はいない。

煙草を買おうと周囲を眺めてみたが、それらしい店はなかった。仕方なくバス停に向かおうとした江満は、ゆっくり近付いて来るベンツに気づいた。色は白。覚えているかぎり江満の組の車に白のベンツはない。第一、もう『江満組』は解散し、この世に存在しないのだ。今日釈放される中でヤクザは江満一人。他の受刑者の中にスジ者はいない。さっき待合所にいた爺いを迎えに来た車か……。

まさかな、と思った。痴漢だかなんだか、下らない実刑の爺いにベンツはなかろう。ここには刑務所しかないのだから、この道に入ろうとする車の目的は決まっている。刑務所の関係者か、釈放される受刑者の出迎えか、それだけだ。刑務所の関係者は白のベンツには乗らないだろう。

いったん刑務所の通りに入りかけたベンツが方向を変え、江満の目の前で停まった。初めて江満に緊張が走った。襲われる可能性を探せば、ごまんとある。娑婆に出たとたんに撃たれるのか……。素早く周囲に目を走らせたが遮蔽物《しゃへいぶつ》はない。覚悟を決め、ベンツに向き直った。助手席から知った顔が飛び降りて来た。『江満組』にいた若い衆の真鍋だった。

「頭！」

嬉しそうにそう叫ぶ真鍋を、江満はほっとして、苦笑で迎えた。

「なんだ、ナベ、俺のために来たのか？」

「そうですよ、頭！」

「頭はねえだろう、組はもうねえんだろうが。それにしてもよく今日が釈放だって判ったな」

「分かりますよ、そんなこたぁ」

ベンツのドアが開き、もう一人降りてきた。がたいのいい男だが、その顔に見覚えはない。二十代後半の目つきの悪い野郎だ。

「……『一興会』の吉田《よしだ》さんです」

と真鍋が言った。吉田は軽く頭を下げ、

「吉田です。まあ、乗って下さいな」

と車のほうへ顎をしゃくった。

江満は相手を頭の天辺から足の爪先まで眺め、

「なんで俺が『一興会』の出迎えを受けるんだ？」

と訊いた。

「まあ、そうとんがるこたぁねぇでしょう。うちの会長があんたに会いたいって言ってるんですよ」

と吉田が笑って言った。

「会いたくねぇって言ったら？　俺はおたくの会長から盃《さかずき》貰っているわけじゃねぇぜ」

吉田の笑みが消え、目が光る。

「あんた、分かってねぇな。頭って真鍋が言ったが、あんたの組はもうねぇんだよ。突っ張るなって。おい、ナベ、こいつはいつもこんな調子なんか？」

と真鍋に訊く吉田の鳩尾に、江満は黙ったまま左のフックを叩きこんだ。グッと呻き、吉田の膝が落ちる。膝を突いた吉田のこめかみを蹴り飛ばそうとしたところで、車から中年の男が降りて来た。こいつは知った顔だった。たしか本家の『三侠会』で山下会長のボディガードをしていた男だ。光岡高次《みつおかこうじ》といったか……。

「江満さん……」

光岡に向き直った。こいつもぶちのめしてやるか……。

「光岡だったな」

「ご無沙汰《ぶさた》してます」

光岡はきちんと頭を下げた。吉田とは違い、光岡は腰が低かった。

「お勤《つと》め、ご苦労さまでした」

「こんな野郎にこいつ呼ばわりされるいわれはねぇんでな、つい手が出た」

おろおろと吉田を助け起こす真鍋を眺めながら言った。

「すんません、こいつ、江満さんのことがよく解ってねぇんで。とにかく車に乗ってもらえませんか。うちの会長が会いたいって言ってるんですわ」

光岡が刑務所の門衛に視線を走らせるのに、江満は頷き、やっと立ち上がって江満を睨みつける吉田に言った。

「いつからヤクザになったか知らんが、言葉遣いに気をつけろ」

何も答えない吉田に代わって真鍋が言った。

「すんません、俺がよく頭のことを話しておかなかったもんで」

二人とも俺のことをよく説明しておかなかったと言うが、そいつはどういうことか。手が早いということなのか、と江満は歪《ゆが》んだ笑みを浮かべた。

光岡がドアを開けると、江満は黙ってベンツの後部シートに乗った。隣に光岡が乗り込む。

「……すみませんでしたね……ところで、江満さんはまだ事情が解んねぇんでしょうが……」

と切り出す光岡に江満は苦笑して言った。

「俺のことか……おおかたのことは知ってるよ。『江満組』がこの世から消えちまったこともな。自分の行き場所がねえってことも分かってる。だが、そこのバカにも言ったが、俺はあんたんとこの会長に盃貰ったわけじゃねぇ」

「たしかに……だが、いろいろあるんで、これから貰うことになるかも知れませんよ」

光岡は笑いながらそう言い、江満にマイルドセブンを上着のポケットから取り出して差し出した。

「煙草、どうです？」

一本咥え、

「そいつはどうかな。俺にはその気はねぇよ」

と答えた。強がりではなかった。すでに組は消滅している。これを機会にヤクザの足を洗う気もなくはなかった。独《ひと》り立ちが簡単に出来る世界ではないし、といって『一興会』の世話になる気にはならない。それならどうするか。兄の一生がいるというフィリピンにでも行ってみるか……と、そうも思っていた。

光岡がライターで火を点けてくれた煙草を大きく吸い込む。六年間良い空気しか吸わなかった肺がキュンとしぼむ。むせながら煙を吐きだし、訊いた。

「ところで、なんでおたくの会長が俺に会いたいっていうんだ？　あんた、その訳を聞いているのか？」

「いや。ただ、江満さんが出て来たら放ってはおけんでしょう。分かっているでしょうが、『江満組』の者のほとんどを今はうちで引き取っているんですよ」

「なるほど、挨拶《あいさつ》くらいしに来いってことか」

と江満は苦笑した。考えてみればこの男の言うとおりだった。兄の江満一生が下手を打って日本を脱出し、フィリピンに逃げた後、大半の者が『一興会』に引き取られる形で『江満組』は解散したのだ。若頭だったのだからたしかに挨拶くらいしに行かないとならないのかも知れない。

「うちの会長はそんなことは思っちゃあいませんよ。これ、受け取っておいて下さい。今後、たぶんいろいろあると思いますから」

光岡が笑って名刺を取り出し、江満に差し出した。受け取って肩書きを見た。『一興会・若頭』とあった。

「なるほど、あんたも出世したんだな」

六年前は『三俠会』でたかだか会長の運転手をしていた男だ。下部組織の『一興会』とはいえ若頭とは、やはり目を見張る出世だ。

「というほどのもんでもありませんよ。会長の言われるとおりにやってるだけですわ」

こいつは謙遜《けんそん》だろう。どこの組でも実際に組を動かしているのは若頭なのだ。力量がなければ若頭は務《つと》まらない。

「それじゃあ、竜二《りゅうじ》はどうなったんだ？」

これまで『一興会』を切り回していた若頭は西田《にしだ》竜二だった。光岡が笑って言った。

「今は会長ですよ。先月、替わったんですわ」

ほう、竜二が『一興会』の会長か、と江満は改めて長かった自分の刑務所暮らしを実感した。ほとんどの情報は刑務所にいても届くと思っていたが、そうでもなさそうだと気づいた。

「じゃあ、高木のおやじさんはどうなった？」

これまで『一興会』の会長は高木俊治だったのだ。

「ああ、高木さんですか、今は本家の会長ですよ。山下のおやじさんは引退ですわ」

「なるほど……そういうことか……驚いたな……あの竜二が会長か……」

だが、本心を言えば、驚いたのは西田竜二が『一興会』の会長になったことではなかった。むしろ高木が本家『三俠会』の会長におさまったことのほうが驚きだった。強欲な山下信久がそう簡単に引退して高木に会長の座を禅譲《ぜんじょう》するはずがないのだ。いったい何があったのか……。傘下《さんか》に七団体を擁《よう》する『三俠会』をあの高木が率《ひき》いる……兄の一生が知ったら憤死するような話だった。フィリピンにいる兄貴はもうこの話を知っているのだろうか、と江満は兄の一生の顔を思い浮かべた。

「うちの西田会長は本家の若頭格ってことで」

「若頭格？　若頭にはならなかったのか……『一興会』の会長にあがったんなら、順番で行けば格じゃあなくって当然若頭だろうが」

「本家の若頭は林《はやし》ですよ。そうか……江満さんは林のことはあんまり知らなかったんでしたかね」

「いや、知ってるよ。関西から客分で来ていた男だろう」

「ええ、そうです。山下のおやじさんの舎弟だった男ですわ」

知っていると答えはしたが、実を言うとよくは知らなかった。たしか山下のおやじの縁戚ではなかったか。記憶にある林は、関西弁の、何を考えているのか分からない男、という程度のものだった。

「そいつが竜二を飛び越えて若頭になったんだな？」

「そういうことです」

「それでも、竜二は『一興会』の会長ってことか」

「ええ、そうですわ」

会長が昔のまま高木だと思っていたから、なんで呼びつけられるのかと憤《いきどお》りを感じもしたが、竜二が会長になったのなら『一興会』が俺を呼んでも不思議はない。西田竜二とは同じ歳ということもあって昔から仲が良かったのだ。たった二十日ほど先に生まれただけなのに、竜二は昔から「兄貴、兄貴」と江満のことを立ててくれていた。『三俠会』の会長に伸《の》し上がった高木を説《と》き伏せて、俺を組に入れようと画策したのだろうか……。

「江満さんのことは悪いようにはせんと思いますよ。うちの会長は昔から江満の組長よりあんたのほうを買っていたんだ」

「さて、そいつはどうかな。そうもいくまいよ。竜二はともかく、俺は高木のおやじさんには受けが悪いからな」

と、もう一度大きく煙を吸い込んだ。今、光岡に答えたとおり、高木俊治とはむろん知らぬ間柄《あいだがら》ではないが、どちらかといえば、兄と同じで口も利きたくない相手だった。

「ところで、竜二は今どうしてるんだ？　事務所で俺を待っているのか？」

「そうです。会長は今忙しいんですよ。問題山積ってやつでね、江満さんの出所には俺が迎えに出るって、そう言っていたんですが、ごたごた続きで、今は事務所を空けられねぇんで」

『一興会』は新俣港に進出したが、地元との抗争でてこずったと刑務所に面会に来た元『江満組』の若い衆から聞いていた。

「新俣港のほうはもう片が付いているんじゃあねぇのか？」

「ああ、新俣港ですか。ありゃあとっくに片が付きましたよ、一年も前ですわ。今はあそこはもうおおかたうちのシマです」

「それじゃあ、新しい揉め事でも出来たのか？」

「まあ、新しいってわけでもねぇんですが……『笹《ささ》の川《かわ》』のことは知ってるでしょう？　あそことまだごたごたしてましてね」

光岡の口調は急に歯切れが悪くなった。

煙草の灰を灰皿に落とし、光岡に向き直った。

「笹の川？」

どこかで聞いたことのある名だった。どこかの地名だったか……。

「ほら、江満の組長がロミ常を……」

言いにくそうにそう口にする光岡の顔を見て思い出した。『笹の川』は兄の江満一生が殺傷事件を引き起こした温泉町の名前だった。ロミ常とはそこの博徒の親分の呼び名で、フランスだかドイツだかの、ロミーなんとかという女優が好きで、そんな綽名《あだな》がついたという。兄はそのロミ常と同じ店にいた数人の客に発砲したのだった。一年近く前の出来事である。

「あの事件のことがまだ尾をひいているのか？」

そう訊く江満に、

「あれは一応手打ちにはなったんですがね。まあ、その後もごたごたしてまして」

江満は刑務所に面会に来た『江満組』の組員たちから聞いた事件のあらましを思い出した。

あの発砲事件では死者が二人出たが、ロミ常というヤクザの親分は死ななかった。死んだのはその場にいた子分の男とカタギの年寄りである。とはいえ、そのロミ常という親分は兄の江満一生が撃った一弾で脊髄《せきずい》を損傷し、今は寝たきりになっていると聞いている。この事件で江満一生は指名手配の殺人犯となり、ボディガードの熊谷という子分を連れて密《ひそ》かにフィリピンに逃げたのだ。『江満組』はその後、解散。だが、事件はそれだけで収束はせず、『一興会』とその上部団体である『三俠会』にまで波及した。それは江満一生が田舎ヤクザだと思っていたロミ常が、その後半端なヤクザではないと判ったからだった。

ロミ常の本名は勝村常次郎《かつむらつねじろう》、県内ばかりでなく東北では知らぬ者のない有名な人物だった。ロミ常と呼ばれる親分が率いる『勝村組』は博徒ではなくテキヤ系の組織で、上部団体は全国にその名をはせている『大星会《だいせいかい》』。さらに『大星会』の上には、これまた全国にその傘下組織を持つ巨大組織の『新和平連合《しんわへいれんごう》』がついていた。要するに兄の江満一生はとんでもない相手に銃弾を浴びせてしまったのである。

だが、兄が日本を脱出した後、『江満組』は『勝村組』に三千万円という賠償金を支払い、組を解散することで手打ちを済ませた、と聞いている。江満一生をフィリピンのマニラに逃がす段取りをしたのは上部組織の『三俠会』だと、これも真鍋たち組の若い衆たちから聞いた。だから『一興会』はともかく本家『三俠会』の山下のおやじさんには頭を下げに行かねばならぬ義理はあった。ただ、この事件に関して、当時、『一興会』は何もしなかったはずだった。当時の会長だった高木が兄の一生を嫌っていたからである。

「ごたごたってのは、何だ？　俺には話せねぇようなことか？」

江満の問いに、

「話せねぇことでもないですがね、そいつは会長が話すと思いますよ」

と光岡は答えた。

「手打ちの後でのごたごたか。あれは『一興会』じゃあなくて、手打ちは本家でやったんじゃあねぇのか？」

「そうですがね。でもね、実際に事を運んだのはうちですから。山下のおやじさんが、当時『一興会』の会長だった高木のおやじさんに丸投げして寄越したんです」

江満はなるほどと頷いた。当時、高木は『一興会』の会長の座にあったが、同時に『三俠会』の若頭でもあったのだ。

車は東北自動車道に入った。江満は目を閉じた。実際に兄を逃がすために動いたのはたぶん竜二だろう……。あの高木が目の上のたんこぶのような存在だった兄を助けるはずがない。高木の下にいる竜二がどれほど苦労して兄を逃がしたか、なんとなく想像がついた。

「次のサービス・エリアで停めろ」

と光岡が運転している真鍋に言った。

「どうした？」

目を開ける江満に光岡が笑みを見せる。ヤクザ者の顔が柔和な男の顔に変わっている。

「どうです、コーヒーでも一杯飲んで行きませんか。サービス・エリアのコーヒーなんか旨《うま》くねぇでしょうが、最近は馬鹿にできないんですよ」

「コーヒーか」

「刑務所じゃあコーヒーなんて出なかったでしょう」

「まあな」

たしかにコーヒーなどもう何年も飲んでいない。それに、光岡の言うとおり、『一興会』の事務所があるY市まではこのまま走ってもまだ三時間ほどはかかる。

「……そうか、おまえら朝飯を食っていなかったんだな」

気が付かなかったが、早朝から刑務所に向かったこいつらには朝飯を食う時間もなかったのだろう。

「すんません。江満さん、食事は？」

「刑務所の朝は早いからな、特別食をしっかり食った」

「悪いですね、Y市まで結構あるんで」

「俺もコーヒーが飲みたいよ」

二十分ほど走ったところで車はサービス・エリアに入った。午前中のこともあってか、サービス・エリアの駐車場はすいていた。だだっ広い便所で江満と光岡は小用を済ませ、食堂に向かった。前後に真鍋と吉田が二人を護るように歩く。食堂の入り口にある食券販売機の前で光岡は、

「俺はカレーでいい。おまえら好きなものを腹に入れろ」

と真鍋に一万円札を渡し、江満に訊いてきた。

「江満さん、本当に何も食わなくていいんですか？」

「ああ、俺はコーヒーでいい」

光岡の後について食堂に入った。客は二組しかいない。若い男の二人連れと五十代の男女だけだ。光岡は一番奥のテーブルを選んだ。真鍋と吉田は入り口近い場所に座る。

「……なんだ、そんなに用心しなくちゃあいけねぇのか？」

と訊く江満に、光岡は苦い笑みで答えた。

「まあ、用心するに越したことはありませんから。江満さんに何かあったら会長に詫《わ》

びのしようもねぇんで」

「そいつは、俺が狙われてるってことか？」

「ただの用心ですよ」

これまでこっぴどく痛めつけた組は幾《いく》らもあり、恨《うら》みを買っているのは本当だが、出所の日にちを調べ上げて刺客《しかく》をとばして寄越すとは思えなかった。真鍋がウェイトレスに食券を渡しているのを眺めながら訊いた。

「大げさだな……ところで、一つ聞きたいんだがな、何で山下のおやじさんは引退したんだ？　糖尿だったことは知っているが、病気で引退したのか？」

山下は一代で『三俠会』を立ち上げた男である。病気だとしても、よほどの重病でもなければ自分から身を引くなどあり得ない話に思えた。

「さっき話したように、『勝村組』との手打ちはけっこう揉めたんですよ。そいつを何とかするには山下のおやじさんが引退するしか収める手はねぇって、まあ、そんな格好になりましてね」

これも初耳だった。三千万の金と『江満組』の解散だけでは収まらなかったというわけか。

「マッチポンプですよ」

と光岡は苦々しげに呟いた。

「マッチポンプって、何だ？」

「自分で火を点けて消してみせる、ってやつですわ」

「収まった話にまた火を点けるって意味か？」

「そうですよ。話がついたと思っているとまた燃え出す、ってやつです」

交渉の窓口は山下のおやじさんが『一興会』に丸投げしたのなら、そいつを実際に仕切ったのは竜二のはずだ。竜二がマッチポンプだというのか……。

「向こうと交渉していたのは誰なんだ？」

「話し合いはうちの会長がやってたんですよ、西田の兄貴です」

「すると、竜二が話をつけたのに、誰かがまた火を点けたってことか？　そいつは誰なんだ？」

「高木のおやじさんですわ」

と光岡は苦々しげに言った。

「竜二に交渉を任せておいて……高木のおやじがそいつをぶち壊したというわけか……」

さすがに驚いた。だが、何でそんなことをしたのか？　高木にしてみたら竜二はもっとも信頼している子分ではないのか……？　だから『一興会』の後釜《あとがま》に据えたのだろう。

「馬鹿みてぇな話ですが、まあ、そんな感じでしたね」

「分からねぇな、何でそんなことをしたんだ？」

「分かりませんかね」

と意味ありげに光岡が言う。

「狙いは、山下のおやじさんを引退に追い込むってことか？」

「俺の口からは言い難《にく》いが、どこの組の連中もそう思ってるんじゃあないですかね。とにかく高木のおやじさんは寝技の好きな人ですから」

「寝技っていったって、相手は竜二だぞ。竜二は黙ってそいつを見ていたのか」

「仕方ないでしょう、会長は高木のおやじさんには逆《さか》らえませんよ」

光岡の言うことはもっともだった。高木に見いだされて当時若頭の地位に引き上げてもらった竜二が何かを言える立場にはない。しかも、いずれ『一興会』の会長にしてやると言われてでもいたら、黙認する。要するに、高木に事の始末を丸投げした山下のおやじさんが割を食う結末になったのだろう。

「で、山下のおやじさんは、今、どうしてるんだ？」

「不貞腐《ふてくさ》れてますよ、飼い犬に手を噛《か》まれたって言いまくっているようですわ」

「ふうーん。じゃあ、まだ組に未練があるのか」

「あるでしょうね。好きで引退したわけじゃああありませんから」

「なるほどな、そこまでの事情は知らなかったぜ」

「ごたごたがまだ続いているって話しましたが、要するに高木のおやじさんは、払った三千万が惜しくなったんですよ」

と光岡は苦い笑みで言った。

「どうしてだ？　詫びの三千万はうちの組の金だろうが」

手打ちで『勝村組』に支払った賠償金は『江満組』が必死に駆け回って作ったはずだった。

「そいつはちょっと違うんで。こんな話を江満さんにはしたくねぇが、当時の『江満組』には三千万なんて金は無かったですからね。『江満組』で用意出来たのはせいぜい一千万……あとの二千万ほどは『三俠会』が用意したんですわ」

真鍋たちから聞いた話とは違うが、ここで反論するほどの知識が江満にはなかった。これが本当の話なら、呼びつけられたのも分からないではない。兄貴が犯した罪は弟の責任だということだろう。もっとも俺に二千万の金を返せと言われても、どこにもそんな金はありゃあしねぇ、と江満は腹の中で笑った。要は、どこかでその金を作ってこい、ということか。

「なるほど。それで竜二は、俺を呼んで何を話そうっていうんだ?」

「さっきも言いましたが、うちの会長はとにかく江満さんの元気な顔を見たいんですよ。それ以上の詳しいことを聞かされてるわけじゃあねぇんで。ただ……」

「ただ、何だ?」

光岡の説明は江満が予想したものとは少し違った。

「江満さんに会いたがっているのは、うちの会長だけじゃあないんです。実は、高木のおやじさんも江満さんが出所したら連れて来いと言ってるんですわ」

「どうして高木のおやじが俺に会いたがるんだ? 俺に兄貴のケツを拭《ふ》けってことか」

「現状を説明しておいたほうがいいでしょう。『笹の川』の一件ですが、あれはね、三千万で手打ちにしたんですが、問題は江満の組長の身柄ですわ。お兄さんの江満組長は、江満さんも知っているとおりマニラに逃げた。山下のおやじさんは、勝手に逃げたのだと言いぬけたが、『勝村組』は納得しない。ま、ロミ常の親分が今は車椅子の状態でいるんですから、破門したと言ったくらいじゃあ、納得せんのも解らないわけじゃあないですがね。実際、江満さんも知ってのとおり、お兄さんの江満の組長をマニラに逃がすように言ったのは山下のおやじさんですから、金で済むと思うな、ってわけです」

「それで、兄貴の身柄を引き渡すって、山下のおやじさんは約束でもしたのか」

「成り行きで、そう言わんと収まらん情勢だったんだと思いますよ。そんなことで、まだ険悪な状態がこの半年くらいずっと続いてましてね。どうにもならねぇもんで、山下のおやじさん、ロミ常の件はおまえがやれって、うちに丸投げしてきたんですわ」

「その話し合いで、それじゃあ、竜二は今、窮地《きゅうち》に立たされているのか？」

「いや、一応は決着がついたことになっているんです。うちの会長が東京まで出張って話をつけましたから。ただね、今も言いましたが、うちは、まぁ、やられっぱなしでここまで来た。そこで高木のおやじさんの頭に残ったのは『三俠会』で払った金ですよ。『江満組』を解散までさして、三千万の金も取られた。多分、こいつが面白くねぇってことだと、俺は思いますがね」

「それで竜二が収めた話にまた火を点けたってことか」

「こいつも聞いてると思いますが、ロミ常の『勝村組』の上は『大星会』なんです。

うちの西田会長が相手にしたのは『勝村組』じゃあなくて、その上の『大星会』ですよ。話し合いの相手はもう『勝村組』じゃあなかった。『大星会』と山下のおやじさんを引退させるってことで、話をつけたわけです。ここまではいいですね？」

「ああ、それはさっき聞いた」

「普通ならこれで終《しま》いです。高木のおやじさんの命令で、とにかく山下のおやじさんを引退させたんですから。それなのに、ここに来てまた話がややこしくなった。問題は、高木のおやじさんの頭ん中ですわ。自分でうちの会長に話を収めてこいって言っておきながら、今になって、そんな弱腰の話し合いでどうする、と言い出した……」

「わからねぇな」

「そうでしょう？　わかるはずがねぇ」

「手打ちに文句を言ってるのは『大星会』側じゃあねぇんだな？」

「違うんで。『大星会』とは話がついた。俺も会長と東京まで行って立ち会ってますから、そいつははっきりしてるんです。もう一度言っておきますが、この話し合いは高木のおやじさんの指示ですよ。それで、俺と西田会長は東京まで行ったんです」

「今になって気が変わったということか」

「『三俠会』の組長になったんで、下に向かってそういうポーズを取りたかったのかも知れねぇが、うちの会長にしてみたら、ふざけるな、ってことですわ」

「最初の話は分かるが、この話は分からねぇな」

高木のおやじは何を考えているのか？　ウェイトレスがカレーとコーヒーを運んで来た。

光岡は立ち去る男二人を目で追いながらカレーを食べ始めた。江満も砂糖をスプーンに三杯も入れた甘いコーヒーに口をつけた。光岡が言ったように、ここのコーヒーは旨かった。いや、コーヒーの味が旨かったのではなく、砂糖の甘さがたとえようもなく旨かった。これも長い刑務所暮らしのせいかも知れなかった。

それにしても……こいつは何で親しくもなかった俺にこんな『一興会』の内情まで話すのか……？

光岡の携帯が鳴った。スプーンを置き、携帯を取り出す光岡を見つめた。

「光岡……」

と携帯に出た光岡の表情が青白く変わった。

「……ええ、一緒です……そいつは、うちの会長も知ってるんですか？」

光岡は不快げな顔で、ただ「はい、はい」と答えている。携帯を切って光岡が言った。

「本家からですわ」

「高木のおやじか？」

「いや、あそこの若頭からです。うちの事務所じゃなく、東京に回れ、ってことです」

「なんで東京なんだ？」

「高木のおやじさんが東京のホテルにいるんだそうですよ。うちの事務所に帰る前にそのホテルに寄れってことです。うちの会長も呼びつけられてるらしいですわ」

どのみちY市は東京を経由するから、それほど回り道でもない。コーヒーを飲み干して訊いた。

「……ところで、あんた、何で本家から『一興会』に移ったんだ？」

光岡は山下のおやじさんの下で部屋住みだった男である。『三俠会』で伸し上がるのは分かるが、どうして『一興会』で若頭になったのか？

「最後っ屁《ぺ》ですかね」

と笑みを見せて光岡が答えた。

「いよいよ引退ってことになった時に、山下のおやじさんが条件をつけたんですよ」

「条件？」

「ええ。仕方がねぇから引退するが、代わりに俺を『一興会』の頭にしろって、高木のおやじにそう言ってくれたんですわ。もっとも、こいつはオープンになっている話じゃあなくて、俺の推測ですがね」

「なるほどな、そういうことか」

山下のおやじは、光岡を『三俠会』に残しておけば、いずれ高木に潰される、と考えたのかも知れない。それで『一興会』の若頭にねじ込んだのか……。たった六年留守《す》にしただけで組織はまったく江満が知らないものに変わっているようだった。

カレーを食い終えた光岡が言った。

「気が乗らねぇかも知れませんが、行きますか。うちの会長も、もう東京に向かっているそうですから」

「ああ、分かった」

と答え、カップの底に溜まった砂糖を飲み干して江満は立ち上がった。

三

江満を乗せたベンツはK県のY市ではなく、高木に呼ばれた東京に向かった。東京まで江満はほとんど眠っていた。

「着きましたよ」

と光岡に起こされた江満は、そこが見慣れた雑居房でないのに一瞬戸惑《とまど》った。ベンツが停まっているのは豪華なホテルの車寄せで、ドアを開けて立っているのは看守ではなく真鍋だった。改めて娑婆に戻った実感を味わった。六年もの実刑は江満の感覚をいやがおうにも変えていたのだ。

「さあ、行きますか」

光岡に促されて江満はベンツから降りた。

「おまえら、車を停めたらロビーで待ってろ」

光岡は真鍋と吉田にそう命じ、江満の先に立ってホテルの玄関口に向かった。入り口に立つホテルの制服を着た若者が、不安の表情を隠せず、ぎこちない笑みを見せて江満と光岡を迎える。江満はともかく光岡はたしかにヤクザの匂いを撒《ま》き散らすような容貌《ようぼう》だし、着ている服もサラリーマンには見えない派手《はで》な物だから、ホテルの従業員がそんな顔になるのも無理はなかった。江満はジャケットこそ派手だが、下はGパンである。

光岡の携帯が鳴った。歩きながら光岡が携帯のスィッチを入れる。

「……分かりました……もう着いてます。それじゃあ、今、そっちに上がります」

光岡の言葉遣いから推察すれば、かかってきた相手は高木か、あるいは竜二か……。

「西田会長からですわ。会長も、もう着いとるそうです」

と光岡が言った。

広いロビーの脇には、広いラウンジがあったが、光岡は真っ直《ま》ぐ《す》エレベーターホールに向かう。

「部屋を取ってあるのか……？」

エレベーターに乗り込む光岡に訊いた。

「そうらしいですわ。たぶん、昨日から泊まってるんでしょう」

と光岡は答えた。乗り込んできた若い男女が光岡と江満を見て片隅にかたまる。その二人が十二階で降りると光岡が言った。

「うちの会長もがっくりだと思いますよ、急に呼び出されちまって。江満さんのために事務所で出所祝いの準備をしていたはずですから」

頷き、竜二に会うのも六年ぶりだな、と思った。人間は六年も経《た》てばずいぶん変わる。ましてや今の竜二は『一興会』の会長である。兄貴、兄貴と自分を呼んでいた頃の竜二とは違うのだ、と江満は改めて頭に叩き込んだ。とにかく高木に呼びつけられたのだから用心しなければならなかった。

高木が取っていた部屋は二十四階にあった。エレベーターホールに若いスーツ姿の男が二人いて、光岡を見ると慌てて頭を下げる。二人は高木のガードだろう。光岡が若い男の一人に尋ねた。

「二四〇八だったな?」

「そうです。真っ直ぐ行った左手の部屋です」

と男の一人が答えた。二十四階は特別な階なのか部屋と部屋の間隔が広い。光岡に促され、江満が最初に部屋に入った。部屋はスイートとでも呼ぶのか、寝室が別にある広い部屋だった。応接のセットに高木と若頭になったという林健一《けんいち》が並んで座り、そして向かいに竜二が座っていた。江満の姿を見ると竜二が笑みを見せて立ち上がった。きっちりスーツを着込み、薄い色のついたサングラスを掛けている。昔の竜二はいつも江満を真似《まね》てかGパンを穿《は》いていたものだった。会長ではGパンではいられないということか。六年前の竜二から見ると、かなり太って、大きな男に見えた。

「兄貴……ご苦労だったな」

と手を握ってくる竜二に、おう、と頷き、座ったままの高木の前に立った。

「おい、辰夫、思ったより元気そうだな。旨い飯をたらふく食って太ったんじゃねぇか」

と高木が笑って言った。もっそう飯を旨い飯と言うか、と腹の中で唾を吐き、それでも頭を下げ、ご無沙汰しました、と応えた。

「まあ、座れ」

そう言うと竜二に、

「そこの冷蔵庫からビールでも出せ」

と命じるのに、光岡が慌てて言った。

「俺がやります」

高木は笑って頷き、江満に向き直ると、

「ビールなんかより、酒がいいか？　ウィスキーでもブランデーでも何でもあるぞ、好きなものを言え」

「ビールでいいです」

言われるままに竜二が座るのを待って江満も腰を下ろした。

「それにしても、辰夫、元気そうで安心したぞ。何年になるんだ、五年か？」

「いや、六年です」

光岡が運んで来たビールを竜二が受け取って江満のグラスに注ぐ。

「さあ、おまえらも座って飲め」

それぞれのグラスにビールが注がれるのを待って高木が言った。

「こいつの放免を祝ってやれ」

高木がグラスに口をつけるのを待って江満は一気にグラスのビールを喉《のど》に流し込んだ。六年ぶりのビールのはずだが、なぜか旨くはなかった。

「六年は長いな。それにしても、実刑六年とは、下手を打ったもんだ。おまえの兄貴もたちが悪いぜ、弟を放り出して逃げ出すとはな」

むかついたが、何とか堪えた。

「そのことですが、その節はお世話になりました……おおかたの事情は分かってますんで」

「ああ、『勝村組』の一件か。ありゃあもう済んだことだ、おまえが案じるこたぁねぇ」

「そう言っても……」

「聞いてると思うが、手打ちは済んでる、おまえがあれこれ考えることはねぇよ。金のこともな。さあ、もっと空けろ」

立て替えた二千万の金には関心が無いということか。そんなバカなことはあり得ない。高木は一円の金でも取り立てる男だ。調子が狂った。それにしても、機嫌《きげん》が良すぎる。

「ところで辰夫よ、これからどうする？　何か考えてることがあるんじゃあねぇか？　今日、ここへ呼んだのはな、おまえをこれからどうしたらいいかって、そいつが頭にあったからでな、それで一度顔を見ておこうと思ったのよ。おまえの兄貴とはこれでも一応は兄弟盃交《か》わした仲だからな、その弟のおまえを放っておくわけにもいかんだろうが」

高木が笑顔でそう言った。

「どうするっていっても……出たばかりですから」

「知ってるだろうが、『江満組』は解散だ。兄貴はマニラに逃げちまったしな。おまえんとこの組のもんは大方この竜二のところで引き取ったが……残ったのはおまえだ」

「分かってます。これからのことは暫く考えてから決めようと思ってます」

「考えたってよ、ヤクザ者が行く道は決まってるだろうが。バカなことは考えるな。カタギになんかなれはせんぞ、分かっているだろうがな。世の中、そんなに甘かねぇ」

と笑って言い、自ら空になった江満のグラスにビールを注いでくれた。江満はそれを両手で受けた。クソのような男だが、今では二百人以上のヤクザを率いる組長なのだ、と改めて思った。世が世なら、兄の一生が継いでいてもいい地位だった。

「……こいつは知ってるだろうがな、『一興会』のほうは、今はこの竜二に任せている。もう一つ、『三俠会』は俺が差配している。おまえの身柄は『一興会』で引き取るってのが筋かも知れねぇが、今の『一興会』は竜二が会長だ。そこの頭で、ってことも考えたが、光岡がいるしな。おまえも『江満組』じゃあ頭張ってたんだから光岡の下じゃあ働き難いだろうしよ。まあ、うちで引き取ってもいいが……そうなりゃあ若中からやり直さなくっちゃならねぇ。今のうちの頭はこの林だしな」

「分かってます、別に厄介になろうって考えて来たわけじゃあねぇんで」

横にいた林の目が光った。

「じゃあ、おまえ、何考えて来たんや？　ああ？」

林が険悪な目でそう口を挟むのに、高木が手を上げて止め、

「まあ、こいつに当たるな。出て来たばかしなんだからよ、分からねぇこともあるんだ」

「そりゃあそうだが」

と林は不満げに言い、また江満をねめつけて言った。

「いま親分は『勝村組』とは形がついたと言うたがな、あいつらが何もかも得心したってことじゃあねぇんやで。江満の弟が娑婆に出て来てうちの組の幹部になったなんてあいつらに知れてみろ、また蒸し返しや。兄貴が逃げちまっとるんや、けじめもつけねぇでよ。おまえだって大手を振って歩けるわけやない。ロミ常の子分がおまえの命《タマ》取ろうって考えてても不思議はねぇ」

江満は頭を下げた。

「そいつも、分かってます。俺が言いたかったのは、皆さん方にこれ以上迷惑はかけられねぇってことで」

高木が笑って言った。

「止めんか、林。まあ、いま言ったが、おまえのことはおいおい考えて、何とか格好をつけてやる。ただ、たしかに『勝村組』の手前もある。おまえは分かっておらんのだろうが、手打ちの話は『勝村組』と直接したわけじゃあねぇんだ。手打ちは『仙石《せんごく》組』の仲立ちで、上の『大星会』とやったから、下の『勝村組』にはそいつが面白くねぇってのもいる。林が言ったように、そいつらが、おまえが出て来るのを待っていてもおかしくはねぇんだ。兄貴の代わりに、おまえの命取ろうってやつもいるかも知れんしな。林は、そいつを心配してるのよ」

「いろいろご心配かけます。皆さんに迷惑かけんように、自分のことは自分で何とか処理しますんで」

江満はそう言ってテーブルに手を突いて頭を下げた。

「よし、それ以上何も言うな。おい、竜二……」

「何です？」

俯《うつむ》いてやり取りを聴いていた竜二が顔を上げる。

「こいつの面倒はしばらくおまえがみろ。今夜は酒でも飯でも、そうだな、女でも何でも面倒みてやれ。六年も塀の中にいたんだからよ、溜まっとるもん出さんと、脳みそも働かんわな」

笑ってそう言う高木に、どこからか電話が掛かってきたのをきっかけに、

「それじゃあ、俺はこれで」

と、江満は高木と林に頭を下げて立ち上がった。

「おう、今夜は楽しくやれ」

そう言い残し、高木は携帯を耳にしたまま隣室に消えた。

部屋を出る江満を追うように、竜二と光岡も後に続いた。

「ちょっと話をしよう。兄貴、いいな？」

と訊いてくる竜二に、

「ああ、いいよ。だが、その兄貴ってのは止めてくれ、兄弟でいい」

と江満は答えた。

エレベーターが一階に着く。ロビーに待っていた真鍋と吉田がやって来るのを見て竜二が光岡に言った。

「おまえはあいつらと一緒に車で待ってろ。俺は兄貴と話があるからよ。話が終わったら携帯で呼ぶ」

「分かりました」

光岡が立ち去ると二人はラウンジに向かった。ラウンジは思ったよりすいていた。周りに客の少ない席を探して座ると、竜二が言った。

「さあ、兄貴、今度は旨いビールを飲みましょうや。さっきのは不味かったでしょう」

「言っただろう、兄貴なんて呼ぶな。兄弟と呼べよ」

苦く笑って江満は言った。今は『一興会』の会長の竜二だ、人前でこの俺を兄貴と呼ばせるわけにはいかない、と江満は思った。

「そうはいかんでしょう、昔と同じように行きましょうや。今でも兄貴は兄貴ですよ。俺より先に生まれてる」

「馬鹿野郎、おまえはもう『一興会』の会長だろう。周りのことも考えろ。兄貴はよせ、いいな」

「まったく兄貴は……しょうがねぇな、じゃあ兄弟と呼ばせてもらいますか」

と竜二が苦笑した。可愛いウェイトレスが運んで来た冷えたビールは竜二が言ったようにたしかに旨かった。お代わりを頼み、竜二に言った。

「……ところで、高木のおやじだが……気持ちの悪いくらいに機嫌が良かったな」

「兄弟が素直に挨拶に来たことが嬉しかったんでしょう」

「馬鹿言え。そんなことぐらいであのおやじの機嫌が良くなるはずがねぇだろう」

「そうじゃあねぇと思いますよ。おやじさんが一番気にしてたのは、江満の組長でしたからね。兄弟がきちんと挨拶に来たんだから、ほっとしたってのもあながち分からねぇでもねぇんですよ」

「それにしても、兄貴の件では竜二にずいぶんと世話になったらしいな。大方のことはみんな『一興会』がやってくれたと、うちの組の連中から聞いたぜ」

「立て替えた金の件ですか?」

「それもあるが、兄貴のマニラ行きを手配してくれたのも、本当は竜二だったんじゃあねぇのか？」

「いや、そいつは俺がやったんじゃないですよ」

と竜二は首を振った。

「あれは『三俠会』が手配したんです。たぶん林がやったと思いますがね」

「林か……」

「やっこさん、逃がす手筈《てはず》で結構苦労したんですわ。それもあって、さっき兄弟に絡むようなことを言ったんだと思いますよ」

「そうだ、こいつも聞いておこうと思ったんだが、山下のおやじさんは今どうしてるんだ？」

「ああ、元気にしてますよ。うちのおやじに組長の座を禅譲したからって、昔とそんなに変わっちゃあいませんわ。クラブや『健康ランド』の実入りも昔のままですし、苦労が無くなったぶん楽してるんじゃあねぇですかね」

と竜二は笑った。

「もう一つ訊きてぇんだが。林はなんだって『三俠会』の頭に取り立てられたんだ？順番から言えば、他に候補になるのが何人もいただろう。嶋津《しまづ》の兄貴や頭山《とうやま》さんや、見城《けんじょう》さんなんかのほうが林より上だったんじゃあねぇのか？　第一、おまえがなってもおかしくないだろうが」

「まあ、いろいろあったんですよ。うちのおやじにしたら、林が一番信用出来るってことだったんじゃあないですかね」

竜二はビールを一気に飲み、江満から視線をそらせた。それ以上話したくないのだろうと江満は思った。グラスを置くと竜二が言った。

「おやじはあんなことを言いましたが、兄弟のことは悪いようにはさせませんよ。俺が何とかしますから、のんびりしていて下さい。ヤサも俺が手配してあります」

「ヤサか……それなら心配してくれなくてもいい。あてはあるんだ」

竜二が首を横に振った。

「駄目だな、そいつは。兄弟は昔いた部屋のことを考えているんでしょう。あそこは駄目ですよ。聞いてねぇんですか。あのマンションの部屋はもう売っちまってありませんよ。それに、仮に別の部屋といったって、こいつも上手くねぇ。さっき林が話したことはまんざら出鱈目《でたらめ》でもないんですわ。兄弟が娑婆に戻ったら命取ろうって奴がいねぇわけじゃあねぇ。『勝村組』には若いはねっかえりもいますから」

ウェイトレスが運んできた新しいビールを一口飲んで、尋ねた。

「そのことだが……一つ教えてもらいたいことがあるんだ……」

竜二が江満を見つめて言った。

「分かってますよ、加奈子さんのことでしょう……」

「ああ」

「今の兄貴の一番の気がかりはそれですか」

「まあな。あいつの墓がどこか知っているか？」

気の毒そうに竜二は首を横に振った。

「すまねぇ、そいつは知らんのです……病院には二度行きましたが……」

「葬儀はどうしたんだ？　おまえがやってくれたのか？」

竜二はまた首を振った。

「そいつも、俺じゃあねぇ。そのつもりでしたが……亡くなった時も知らせてもらえなかったんで……どうしようもなかった」

「じゃあ、誰が世話していたのか知らねぇのか？」

「そいつは知っていますよ、刑事ですよ。名前は、たしか……」

「刑事？　戸塚という刑事か？」

頷き、竜二が答えた。

「たしかそんな名でしたね。病院に行った時に、その野郎に追い返された。面見《つらみ》せたらしょっぴくぞ、ってね。凄《すご》まれたんですよ、その野郎に」

「戸塚が……そう言ったのか……」

竜二が不思議そうな顔になり、言った。

「あの刑事を知っているんですか？」

「ああ、知ってるよ。俺をパクった刑事だからな」

と江満は苦笑し、答えた。

「兄弟をパクった刑事が、加奈子さんの面倒をみたってことですか……」

「戸塚貴一ってのは、俺の昔のダチでな。子供の頃からのダチだ」

「ダチですか……じゃあ、そのダチにパクられたってことですか」

「まあ、そういうことだ」

「なるほどね。こいつは、ちょっといい話だ」

困惑の顔だった竜二に笑みが戻った。

「じゃあ、加奈子が病院にいる間、戸塚が全部面倒をみていたんだな？」

「そういうことです。だから、葬儀もそいつがやったんだと思いますよ」

やっぱり最後に加奈子は戸塚を頼ったのか……。一瞬、鋭い痛みが胸を襲った。

「兄弟は加奈子さんの墓がどこだか判らんのですか？」

江満は頷いた。

「あいつには、縁者がいねぇんだ……母親がいたが、そいつももう死んじまってるからな。同じ墓なんだと思うが……母親が死んだのも俺がパクられてからでな。だから、あいつの墓がどこにあるのか知らねぇ」

「そうなると、その戸塚って刑事に訊くしかねぇのか……」

「そういうことだ」

「解りました。それじゃあ調べますよ、その戸塚って野郎が今どこにいるか。調べりゃあすぐ判る」

そう言うと、竜二は残ったビールを飲み干して、

「さあ、今夜は酒でも女でもたっぷり楽しんでもらいます」

と立ち上がった。江満も煙草を灰皿に押し潰して腰を上げ、

「女は要らねぇ。旨いもんを食わしてくれるだけでいい」

と答えた。

三十分と女は言ったが、実際には小一時間後にやって来た。江満は入り口が見える店の一番奥に席をとり、入り口近くの席には真鍋と吉田が別の客を装って座っている。真鍋と吉田は、そんなものは要らないと言う江満に断りなく竜二が送ってきたガードだ。

真鍋が微《かす》かに江満に頷いてみせた。あれが加奈子と仲の良かったという女か、と江満は店内に目を走らせる女を見た。

この喫茶店はK町のど真ん中にある。辺りはソープや怪しげなクラブなどで埋め尽くされた、言ってみれば魔窟《まくつ》のようなところで、喫茶店はたった一軒、この店だけだった。そんな場所だから客の中にはヤクザ者も多く、一見してスジ者だと分かる吉田や真鍋が客として座っていても、それが特別ほかの客の目につくこともない。もっとも夕刻前の時刻だからか店はすいていて客はほかに三組しかいない。その中に珍しくスジ者はいなかった。

四

K町は一つの組が仕切っているところではなく、江満の記憶では多分組の数は片手では数えきれないはずだった。もっともそんな知識も六年前のもので、今では組の勢力図も変わってしまっているのかも知れない。

女が真っ直ぐ歩いて来て江満の前に腰を下ろした。女の名は篠原真希《しのはらまき》。女がハンドバッグを脇へ置き、言った。

「江満さんよね、そうでしょう？」

「ああ、俺が江満だ、よく分かったな」

「偉そうなヤクザっぽい客はあんた一人」

と女が答えた。

こっちを見ている真鍋と吉田に頷き返し、サングラスを外すと、改めて女を見た。名前は調べて知っていたが、会ったことはない。髪を染めてはいない。化粧も、地味な服装からも、この女がソープで働いていると思う男はいないだろうな、と江満はオーダーを取りに来たウェイターにアイスコーヒーを注文する女を見て思った。美人ではないが丸顔でそれなりに男の気をそそる顔だちをしている。ただ、化粧の下の肌は荒れていた。歳は二十代の後半から三十代の初め。水商売で働くにしては歳を食い過ぎている。おそらく客は多くないはずだ。

「真希さんといったな？」

「仕事中悪かったな、呼び出して」

「ええ、篠原真希」

女は何も答えず、ハンドバッグから煙草を取り出して咥えた。江満がライターを取り出すよりも先に自分で咥えた煙草に火を点けた。

「それで、どんな用？」

江満がヤクザだと知っていても、臆《おく》した様子はなかった。

「あんた、加奈子と仲が良かったと聞いたが」

「ええ、加奈子ちゃんとはずっと仲良くしてたわ」

「だったら加奈子が死んだことも知っているな」

「ええ、もちろん知ってるわ。お葬式にも行ったしね」

「俺があいつの亭主だってことも知ってるんだろう？」

女がちょっと笑った。

「他のことも知ってるわよ。どうしようもないヤクザのクズだってこともね」

苦笑して言った。

「最初からきついな。ヤクザが嫌いか？」

「ヤクザなんて、好きになる人がいるの？」

煙草の煙を江満に吹き付けるようにして質問を質問で返してきた。

「あんたの亭主もヤクザ者か？」

「まさか。ヤクザなんか亭主にしないわよ」

「じゃあ、なんで風呂で働いている？」

「答えなきゃならないの？」

「いや、いい」

アイスコーヒーが運ばれて来て、話が途切れた。一口飲んで女が訊いてきた。

「悪いけど、暇じゃあないの。何か訊きたいんでしょ？　だったら早くして、いったい何なの？」

「こいつも知ってるんだろうが、俺は娑婆に出て来たばかりでな。あいつが入っている墓がどこなのか知りたい」

すぐに返事は無く、煙草を吹かしてしばらく江満を見つめていた。

「知らないのか？」

やっと答えた。

「知ってるわ。でも、教えたくない」

「何でだ？　誰かに口止めでもされたのか？」

「違うわ、誰からも口止めなんかされてない」

「じゃあ、どうして教えたくない？」

「加奈ちゃんが喜ばないと思うからよ」

江満も自分の煙草に火を点けた。

「ご挨拶だな。だが、どうしてそんなことが分かる？」

「見も知らない男に女房を抱かせて稼ぐような亭主に、お線香なんかあげてもらったって嬉しくなんかないでしょう」

「言い難いことをずけずけ言うな」

と江満はまた苦笑した。たしかに、そうかも知れんな、と江満は思った。加奈子がソープで働いたのは二度。二度目は違うが、最初に加奈子を金に困って風呂に沈めたのは自分だった。だが、二度目にソープ嬢になったのは、加奈子の意思だ。

「良い亭主だったとは口が裂けても言えんがな。だが、加奈子を粗末にしたわけじゃあない」

「じゃあ訊くけど、粗末にしないって、どういうこと？」

「夫婦のことだ、他人に説明するのは難しい」

煙草を揉み消し、女がせせら笑うように言った。

「あなた分かっていないわね。加奈ちゃんを殺したのはあんたよ。こんな仕事してなかったら、加奈ちゃんはあんな病気になんかならなかったもの」

「あんな病気って……加奈子は何で死んだ？」

「肝炎」

「肝炎か……」

「お客から貰ったのよ、感染したの。普通なら感染しても死んだりしないのに、加奈ちゃんは……」

加奈子の最期でも思い出したのか、女の言葉が途切れた。江満は肝炎がどんな病気なのか知識がなかった。あれは、感染する病気なのか？　酒を飲み過ぎて罹《かか》る病気ではないのか……？　医者でもない女に病気の内容を訊いても仕方がないと、別のことを尋ねた。

「あんた、病院にも行ってくれたのか？」

「行ったわ、もちろん」

「死ぬ時は……苦しんだのか？」

「眠るようにとは言えないわね。でも……それまでより幸せそうだった。店にいる時よりね。良い人が傍にいたから」

「傍に？」

「付きっきりでね」

「男か？」

女が頷き、笑みを見せて言った。

「最期だけはまともな男に看取《みと》られて幸せだったってこと。悪いけど、あんたはクズ。クズから離れられて加奈ちゃんは幸せだった。さあ、これでいい？　悪いけどもう行くわよ。これ以上話すことは無いから」

女がハンドバッグを手にするのと同時に、入り口からブルゾンを着てサングラスを掛けた男が一人、入って来るのが見えた。男は真希という女と同じように奥の席にいる江満に向かって真っ直ぐ歩いて来た。入り口近くにいた真鍋と吉田が慌てて立ち上がる。男がブルゾンの前を開き、ベルトからチャカを取り出すのが見えた。不思議に慌てることはなかった。サングラスの男のチャカがオートマチックだということも分かった。

江満は立ち上がると、女の飲んでいたアイスコーヒーのグラスを男に向かって投げつけた。発砲された。弾丸は江満には当たらず、テーブルの上のグラスや江満の飲んでいたコーヒーカップを粉砕《ふんさい》した。客の悲鳴があがった。江満は唖然としたままの女の上に被《かぶ》さるように身を伏せた。椅子とテーブルの間に女を落とすと、テーブルの脚を持って立ち上がった。結構重い。盾にしたテーブルに男が二発発砲した。弾丸が小さいのか貫通はしない。

ウェイターが奥に逃げ、客たちが悲鳴をあげて外に飛び出して行くのが見えた。さらにもう一発発砲したところで止んだ。真鍋と吉田が男の背中に飛びついているのが見えた。江満はテーブルを盾にしたまま床に落とした女に目をやった。女が目を見開いて江満を見上げている。

「じっとしてろ！」

女にそう言うと、

「野郎！」

という怒号が聴こえ、江満は女から真鍋たちに視線を戻した。発砲音して真鍋が倒れた。男は吉田を撥《は》ね除《の》け、入り口に向かって逃走した。吉田がその後を追って店を飛び出して行く。追うのは諦めた。素手で追っても意味がない。店員が電話で警察を呼ぶのを聞きながら、床に膝を突いている真鍋の傍に走り寄った。

「大丈夫か？」

真鍋は脚を撃たれていた。

「大丈夫です。頭は？」

「俺は大丈夫だ……」

「すんません、こんなことになって」

と泣き顔で言う真鍋に頷き、

「タオルかなんか持って来い。傷口を固く縛れ！」

と駆け寄る店員に言い残して女の席に戻った。女はもう立ち上がっていた。顔が青白く変わっている。

「あんた、怪我はないか？」

「ええ、大丈夫……」

「すまんな、怖い思いさせちまって」

女が頷き、引き攣《つ》ったような笑みで言った。

「庇《かば》ってくれたのね……」

「座ってろ。じきに警察が来る。俺はふける。刑務所を出たばかりでな、おかしなことでまたしょっぴかれたくないんだ」

女に財布から一万円札を取り出して渡した。

「待って……！」

「なんだ？」

「教えてあげる、加奈ちゃんのお墓」

「分かった。明日にでも店に行く」

腰を落としたままの真鍋のところに行った。

「大丈夫か？」

「こんなもん、かすり傷ですわ」

と顔をしかめながら真鍋は強がりを言った。チャカを取り上げるんじゃあなかったか、と思った。真鍋も吉田も、竜二からチャカを渡されて派遣されて来たのだ。そんな二人に「チャカなんか持ち歩くな」と江満はその拳銃を取り上げたのだった。

江満は戻って来て真鍋を抱える吉田に、

「どうした、逃げたか？」

「すんません、逃げられました……！」

と吉田が申し訳なさそうに答えた。

「俺はヤサに戻っている。警察の取り調べには用心しろ。俺のことは訊かれても知らねぇと言え」

そう言い残すとサングラスを掛け直して店を出た。発砲音を聴いたのか店の周りにはもう人だかりが出来ている。その人だかりを掻《か》き分け通りを見渡したが、当然ながらブルゾンの男の姿は消えていた。江満は駅に向かってゆっくり歩き出した。

五

銃撃を受けてから二時間後、江満は竜二が用意してくれたマンションの部屋で一人ビールを飲みながらテレビを観ていた。テレビの画面は面白くもないお笑い番組で、江満が見たことのない芸人がこれも意味不明なギャグで客を沸《わ》かしている。江満は笑うことも出来ず、画面から視線をテーブルに戻した。テーブルの上に、拳銃が三丁載っている。二つはオートマチックで、もう一つはリボルバー。二つのオートマチックは、本来ならガードを命じられていた真鍋と吉田が持っているはずのものだった。

「そんなものを持ち歩くな」

と言って取り上げたのは江満であったから、真鍋がヒットマンの銃撃を受けて負傷したことにはいくばくかの呵責《かしやく》がある。もっとも竜二が命じたとおりに、もし二人にチャカを持たせていたら事態がどう変わったか……。真鍋か吉田が応射でもしていたら、江満たちは単なる被害者ではなくなり、もっと厄介なことになったかも知れない。江満は拳銃の一つを取り上げた。

「こいつを持っていたほうがいいですから」

と光岡から渡されたその拳銃はリボルバーである。江満は弾倉を開いた。綺麗な実包の尻が六つ並んでいる。とりあえず、ということだから予備の弾丸は無い。江満はそもそも拳銃など詳しくなかった。かつて『江満組』は業界では武闘派と呼ばれ、暴力沙汰はそれこそ日常茶飯事であったが、江満自身は拳銃をはじめ凶器を持ち歩いたことがない。江満のパンチは滅法強く、争いでは一発のパンチで大抵相手は大人しくなった。

「頭、いい選択ですよ。チャカはリボルバーが間違いないっす。オートマチックってやつはけっこうジャムが多くって……」

と拳銃おたくの真鍋がさかんに拳銃にかんする薀蓄《うんちく》を傾けても、江満はほとんど関心がなかった。ジャムが弾丸詰まりであることもこの真鍋の話で知ったくらいで、正直な話、これまで拳銃を撃ったことなど一度もなかった。だが、現実にチャカを持つ相手に撃たれてみれば、これは素手ではどうにもならないことが、二時間前の体験でよく分かった。あの喫茶店ではヒットマンはかなり接近していたから、銃弾を受けなかったのは奇跡のようなものだろう。出来事を知らされた竜二が、

「警察の臨検を案じるより射殺から逃れるほうが先でしょうが！」

と怒るのに、たしかにそれもそうだと、江満はこの叱責《しっせき》を苦笑しながらも真面目《まじめ》に聞いた。

拳銃をテーブルに戻すと、ビールを飲み干し、江満はゆっくり立ち上がりバーに向かった。竜二が用意してくれていたマンションは豪華版で、三つの寝室に広い居間、そしてその居間には洒落たバーまでついている。これまで客用のスペースに使っていたのか、バーには小型冷蔵庫があり、食料だけでなく酒もほとんどのものが揃《そろ》っていた。江満は冷えたビール缶を冷蔵庫から取り出し、ソファーに戻った。拳銃の横に置いてある携帯が鳴った。竜二からだった。

「今、表にいる。これから上がるから慌てて撃たないでくれ」

と竜二は言った。冗談《じょうだん》に聞こえたが、なにしろ銃撃の後だった。竜二には案外、真面目な用心だったかも知れない。

「分かった、いま鍵を開けてやる」

立ち上がり、扉の横にある機械でマンションのオートロックの玄関扉を開けてやった。洒落た装置で小さな画面は玄関の周辺を映し出している。竜二のほかに光岡とサングラスを掛けたごつい男が二人、建物に入って来るのが見えた。江満は部屋の扉の錠を開けるとソファーに戻ってグラスにビールを注いだ。扉が開き、竜二が最初に入って来た。続いて光岡とでかい男。一人が前に出てサングラスを外して頭を下げた。

「頭、放免、ご苦労さんでした。出迎えにも行けず申し訳ありません」

「……なんだ、おまえか」

頭を下げた男は松井だった。江満が刑務所勤めの間、『江満組』で若頭代行をさせていた男だ。でかい図体《ずうたい》だが、江満組ではけっこう頭の切れる男だった。だが、こいつは兄貴を護ることが出来なかった。そのことで怖気《おじけ》づいていたのか、江満のところに面会に来たのは事件の前に一度だけである。事件以降は顔も見せずにいた男だ。

ここに竜二がいなかったら半殺しにしてやってもいい男だった。もっとも、ヤクザになる前はプロのレスラーだった男だから手間がかかるかも知れない。だが、その松井の体は不摂生《ふせっせい》がたたったのか、以前と比べて余分な肉がつきすぎているように見える。おそらく一分も遣《や》り合えばこいつの息は上がる……。もう一人の顔は見たことがない。いまどき珍しい五分刈りで松井より背は低いが、松井と同じでリングに立たせてもいいような体格の男だ。

「松井と竹田《たけだ》だ。松井は今、うちで預かっているんだ」

と竜二が言い、光岡と一緒に江満の前に座った。

「これからは、こいつらに兄弟の面倒をみさせる」

そういう竜二に、江満は言った。

「ガードなんか要らねぇよ。てめぇの面倒はてめぇでみる」

「そうはいかねぇでしょう」

と竜二は答え、立ったままの二人に言った。

「おまえらも座れ」

松井と竹田が腰を下ろすと、竜二が煙草を取り出し、吸い殻《がら》で山となっている灰皿を見て言った。

「……美奈子《みなこ》を何で追い帰したんです」

美奈子は竜二が江満のために用意していた女の名前だった。

「言っただろう、女は要らねぇ」

「抱きたくなかったら掃除でもさせておけばいい」

何も答えず、江満はビールを一口飲み、

「おまえらもビール飲むか？」

と光岡と松井たちに訊いた。

「いや、酒を飲んでもいられねぇんで」

と光岡は江満が咥えた煙草にカルチェのライターで火を点けてくれながら答えた。

「で、どこの野郎か分かったのか」

「そいつはまだ……調べている最中ですわ、じきに判ります」

「真鍋の具合はどうだ？」

「奴は大丈夫ですよ。弾丸は腿《もも》を貫通していたんですが、骨は無事だそうで。ただ血が止まらねぇんで大事をとって今晩は病院です。とりあえず用心もあって吉田を付けてあります」

「……用心か……」

「一度しくじったからって、これで終わりとはかぎらんからな」

と竜二が言った。

「またやるってか？」

「ああ。あれだけで終わるとは思えねぇ」

「おかしな連中だな。俺みたいな刑務所出立てのくすぶりを追いかけまわしたってしようがねぇだろうに」

と苦笑する江満に光岡が真顔で言った。

「相手は『勝村組』ですよ。だから、そう簡単には諦めんでしょう」

「前にも言ったと思うが、俺に恨みがあるのはなにも『勝村組』だけじゃあねぇよ」

「じゃあ、他に心当たりがあるのか？」

そう尋ねる竜二に、

「……いや、特別思い当たる相手はないがな」

と仕方なく江満は答えた。

「確証はまだ掴んでねぇが、九分九厘ヒットマンを寄越したのは『勝村組』だ」

「鉄砲玉か……」

「相手はプロですよ、そこらのチンピラじゃあねぇ」

江満はそう言う光岡に、

「俺のためにわざわざプロまで雇ったってか？」

と笑った。

「そうです。第一、弾丸が違う」

「弾丸だ？　なんだ、そいつは？」

「警察で調べた結果、弾丸は22口径だったそうです。22口径の弾丸っていうのは、それこそ空気銃の弾丸をちょっとでかくしたようなもんで、まずわしらは使わない」

「まあ、そうだろうな」

「22口径のチャカで撃つってのはプロだってことですわ。プロは軽くて持ち運びが楽で音の小さいこの22口径のチャカを使うんだそうです。頭狙って撃てば小さな弾丸でも死ぬそうで」

小さな弾丸だったから、喫茶店のテーブルを盾にして防げたということか……。なるほどな、と思った。それにしても、温泉町の田舎ヤクザがこの俺を狙うためにわざわざプロのヒットマンを雇うか？　どこかに違和感があった。竜二がそんな江満の心を読むように言った。

「兄弟は『勝村組』なんてつまらねぇ田舎ヤクザと思ってるんだろうが、だったら、そいつは間違いだ」

「……いや、別に何とも思っちゃあいねぇが……」

「温泉町の田舎ヤクザに何が出来る、と思っていても無理はねぇが、『勝村組』はケチな組じゃあねぇんだ。兄弟も光岡から聴いていると思うが、『勝村組』の上は『大星会』ですよ」

「ああ、そいつは知っているよ。そしてその上は、あの『新和平連合』だっていうんだろう？」

『新和平連合』は東日本では最大の巨大組織である。

「ああ、そういうことです」

「それにしても大げさな話だぜ。組も無くなっちまった俺なんかにわざわざプロのヒットマン飛ばして寄越すこともねぇだろうに」

「たしかにそうとも思うが……実際あんなことが起こりゃあ、そう考えるしかねぇでしょう。恨み買ってるって、他にプロ雇って命取ろうって相手に心当たりがあるんなら別だが」

「いや……思いつく相手はいねぇよ」

「だったら、『勝村組』だと考えるのが妥当《だとう》でしょう」

そう言うと竜二は、

「光岡、おまえら先に行って車回しておけ。おまえらもだ」

と、かしこまっている松井に顎をしゃくった。

「ですが……俺たちはここに……？」

「俺を送ってからここに戻ってこい」

「……分かりました……」

不承不承、光岡に続いて部屋を出て行く松井たちを見送り、竜二は煙草を咥えた。

その煙草に百円ライターで火を点けてやりながら、江満が訊いた。

「あいつらに、聞かせたくねぇ話か？」

煙を吐きだして答えた。

「まあね」

江満も新しい煙草を咥えた。今度は竜二が自分のライターで火を点けてくれた。

「おまえ、俺を狙ったのが『勝村組』だとマジに思っているのか？」

と、江満は訊いた。

「まあ、まず間違いないな」

「だとしたら、どうする気だ？」

「手打ちが済んでもまたやる気か、とねじ込む」

「ねじ込むって、どこへ？」

「『勝村組』にねじ込んでもどうにもならんでしょう。最初にねじ込む相手は『仙石組』の由良《ゆら》さんのとこですかね。『江満組』の一件では、『仙石組』に仲介を頼んだんだ」

江満も『仙石組』の名は知っていた。N県にある業界でも名の通った古い組だ。だが、由良という名は聞いたことがなかった。

「由良？　そいつの名は聞いたことがねぇな」

「今の組長ですよ。先代の仙石のおやじさんは引退したんでね」

ここも時代が変わっているんだな、と江満は改めて思った。

「一応、由良さんに話を通してから『大星会』と話をつける」

「『大星会』が、ああ分かりました、と言うわけがないだろう」

『仙石組』も名のある組なら、『大星会』は巨大組織である。

「まあ、普通ならそうですがね。ただ、今の『大星会』は『新和平連合』と同じで一枚岩じゃあない。『新和平連合』のごたごたは知ってますか？」

江満は頷いた。刑務所にいてもその種の噂は伝わってくる。『新和平連合』では跡目のことで大事件があった。会長の座を巡って血で血を洗う内部抗争が起き、まず会長一番乗りだった『形勝会《けいしようかい》』会長の武田真《たけだまこと》が爆死、会長代行だった品田才一《しなださいいち》がその報復で惨殺され、その跡を継ぐはずの杉田俊一《すぎたしゆんいち》という男も射殺された。現在の会長はたしか『橘組《たちばな》』の組長補佐であった佐伯光三郎《さえきこうざぶろう》という男ではなかったか……。こいつは異例の昇進で、業界では相当の話題になったと聴いていた。

「『新和平連合』の話は知っているよ。刑務所の中でもその話でもちきりだったからな。だが、『大星会』のことは何も知らねぇ。あそこも何かあったのか？」

「『大星会』の八代目は船木《ふなき》さんですがね、ここも内部は危ない状況みたいだ。『新和平連合』が盤石《ばんじやく》だった頃はがっちりしてたが、上ががたがたになって『大星会』もあやしくなってる。今、うちの会長が接触しているのは『大星会』のナンバーツーの辰巳《たつみ》さんですよ」

「会長ってのは、高木のおやじのことだな？」

竜二が頷いた。

「ああ、そうですよ。辰巳さんと繋《つな》がっているんで、おやじは強気なんだ」

「辰巳ってのは知らないが、力があるのか？」

「まあ、そういうことでしょう。なにせ、ナンバーツーですからね。そういうところは、おやじは勘がいいから、負け犬とはくっつかない」

「それが、今度の一件にどう関係してくるんだ？」

「俺がここに来たのは、ただ松井たちを連れて来ただけじゃあないんだ、兄弟」

「他の話ってのは何なんだ？」

「明日にも、多分兄弟は高木のおやじさんに呼び出される」

本家の会長になった高木とは昨日会ったばかりである。いずれ呼び出しを食うと思っていたが、昨日の今日というのはいかにも早い。

「俺にどんな急な用があるんだ？」

「おやじは、兄弟に新しい組を作れと言うはずだ」

「俺に……新しい組？」

「ああ、新しい組を立ち上げろと言うと思う」

「そいつは、えらく親切なこったな」

と江満は笑った。組を立ち上げるには金も人手も要る。それだけではない。稼ぎになる縄張《シマ》りが無くては絵に描いた餅《もち》だ。

「そいつは有難い話だがな、問題は……どこで立ち上げるかだ。いったい俺にくれる縄張りがあるのか？」

「笹の川」

と竜二は即座に答えた。

「なに？」

「『笹の川』に出張れってことですよ」

『笹の川』は問題の土地だ。それこそ竜二が言った田舎ヤクザだと思ったら痛い目に遭う、と釘を刺した『勝村組』の縄張りではないか……。啞然とする江満に竜二が続けた。

「高木のおやじは今『笹の川』を狙ってる。今じゃあ、あそこの市長やら市会議員を抱きこんでいるしな」

「……そんな奴らを抱きこんで、どうする気なんだ?」

「山下のおやじさんがやったのと同じ手口ですよ。まず『笹の川』に『健康ランド』みたいなやつを作る」

「『笹の川』は温泉町だろう、そんなところにサウナなんか作ったって儲《もう》かりゃしねえだろうに」

本家『三俠会』の前会長だった山下のおやじが巨費を蓄《たくわ》えたのは『健康ランド』と称する施設をY市に作ったのが始まりだった。だが、もともと温泉町として知れた土地にサウナなど作っても商売になるわけがない。

「いや、『笹の川』にこれまで無かった特別のものなら、町の開発になる。雄琴《おごと》のようにね。『笹の川』は所詮寂《さび》れた温泉宿しか無い土地柄だ。まあ、進出のとっかかりになればそれでいいんでしょう」

特別の施設とは、『健康ランド』とは名ばかりの売春風呂か……と江満は苦笑した。

「本来はあの松井に組を持たせて『笹の川』に送り込む計画だったんだが、兄弟が出て来たんでおやじの腹が変わったんですよ。兄弟も分かっているとおり、進出は楽じゃあねぇ。当然、荒っぽいことになる。そうなりゃあ松井なんかより兄弟のほうが間違いがねぇって腹だ」

「……なるほど、そういうことか」

竜二は吸い殻で溢れた灰皿でまだ長い煙草を揉み消して言った。

「おやじに呼び出されて組を一つくれてやると言われたら、迂闊《うかつ》に喜んでオーケーと言わないことだ。何とか理由を考えて断る……それを言っておこうと思って来たんですよ」

「『笹の川』進出が条件で、喜ぶ野郎はいねぇんじゃあねぇか？　あそこの組を舐《な》めるなと言ったのはおまえだろう」

「まあ、そういうことです。今の情勢だったら喜ぶ野郎はいねぇ。だが、『大星会』と話がついているとなったら、また話は別だ。『勝村組』を叩いても『大星会』が出て来ねぇってことなら、そんなに悪い話じゃあなくなる」

たしかに『勝村組』だけが相手なら、不可能な話ではない。

「それでも、俺にはやるなってことか？」

「ああ、そういうことだ、兄弟。『勝村組』を潰すことは出来ないことじゃあねぇって思ってるんでしょうが、さっき言ったように、舐めて掛かれる相手じゃあねぇんだ。大抵の奴はそこんとこを間違える」

「おまえの見立ては間違いないんだろうが……」

「本家まで総動員で掛かれば何とかなるかも知れないが、はっきり言いますよ。兄弟が請け負《う》っ《お》てもまず勝ち目はない。あそこは、なにせ町の連中が全員ヤクザみてぇな土地柄で、余所者《よそもの》がちょっと動くだけで町中が反応するんです。カチコミなんかやろうもんなら、あっという間に町中が騒ぎになって、あそこから出られなくなっちまう。そんな土地は日本中探してもそうは無い。そういう奴らを相手にして、簡単に進出なんて口にするおやじの気が知れない、ってのが俺の意見だ。まあ、おやじは自分が出て行くわけじゃあねぇから。だからそんなことを簡単に言う。いざ形勢が悪くなれば、本家は知らねぇ、とだんまりを決め込む腹だ。はねっかえりが勝手にやったことだってね」

「要するに、俺は噛ませ犬か」

　竜二が頷く。江満はため息をついて言った。

「噛ませ犬でもしょうがねぇな、これまでの経緯を考えたらよ。だが……本当に俺には勝ち目がないとおまえは思っているのか？」

「兄弟のことは、他の誰よりも分かっているつもりだ。他の土地だったら、手勢が少なくても兄弟ならやるだろう。だが、『笹の川』は別だ。俺が兄弟なら絶対に引き受けない。どんなに旨い餌《えさ》を前にしても、食いついたら終わりだ。ほかのバカはどう思っているか知らんが、『大星会』が出て来なくても、そう簡単に『勝村組』は潰せんですよ。町全部と戦争することになるんだから。喧嘩《けんか》は勝つと判らなきゃあやるもんじゃねぇ。それがプロの喧嘩でしょう」

江満は泡の消えたビールをゆっくり飲んだ。たぶん竜二の言うことは正しいのだろう。高木のおやじの腹も透《す》けて見える。江満は苦い笑いで言った。

「おまえの言うことは分かった……高木のおやじから話が出ても喜んで食いつかねぇよ。だから、もうその心配はしなくていい」

「それでいい、なんとか上手いこと言って断ってくれ。兄弟の後々のことは俺がちゃんと考える。だから、しばらくここでのんびりしていて欲しい。頼むぜ、兄弟」

「解った」

ほっとしたように竜二が立ち上がった。戸口まで送った。振り返って竜二が念を押す。

「それから、松井と竹田を残していきますが、絶対に一人で出歩くことは止めてくれ。明日から吉田も寄越すが、外に出る時は必ず松井と竹田を連れて行ってくださいよ。真鍋はしばらく使いものにならんだろうから」

江満は、そうする、と答えた。

竜二が出て行くと、江満はまた冷蔵庫に向かった。冷蔵庫の扉を開けて、新しいビールを取り出した。気が変わった。クローゼットから上着を取り出すと、テーブルの上のリボルバーを取り上げ、ズボンのベルトの後ろに差し込んだ。上着を羽織《はお》ると素早く部屋を出た。松井たちが戻ってくるエレベーターは避けて、階段を下りた。マンションの前にもう竜二の車は見えない。夜の淀《よど》んだ空気を大きく吸うと、タクシーを拾うために歩き出した。

六

僅《わず》かに開けられた扉から顔を出す吉田に言った。

「俺だ、開けろ」

江満は一歩退《さ》がって左右を見た。マンションの深夜の廊下に人影はない。

「……どうしてここが……」

驚き、不審の顔でそう呟いてしぶしぶ扉を開ける吉田に、

「真鍋に聴いた。おまえは付き添いのはずだろうが、どうしてここにいる？　情のね

え野郎だな」

革靴の底で腹を蹴った。吉田が派手に横転する。素早く中に入り、後ろ手にドアを閉めた。靴は脱《ぬ》がずそのまま部屋に入る。十畳ほどの洋風の居間に、右手に寝室が見える。若中で普通はこんな豪華なマンションには住めない。江満組の子分たちの住まいは大抵が六畳一間のアパートと相場が決まっていた。腹を抱えてのたうちまわる吉田はガウン姿だ。ガウンがまくれ、下着無しの下半身が丸出しだ。でかいマラが今は縮こまっている。

引き戸が開いたままの寝室を覗《のぞ》いた。寝室も洋風でベッドの上に素っ裸の女が目を見開いて江満を見つめていた。女に貢《みつ》がせているのか、それとも女の部屋か……何とも綺麗な部屋だ。鉄筋のマンションだから木造のアパートとは違い防音にも優れているはずだ。吉田の腹をもう一度蹴り込み、女に言った。

「こいつのイロか？　おまえもヤクザの女《スケ》なら叫んだりするな。騒いだらおまえも吉田と同じ目に遭わせる」

女がカクカクと二度頷く。立ち上がり、起き上がろうとする吉田の腹に、今度は靴の先端で蹴りを加えた。グェッと反吐を吐きながら一歩でも江満から遠ざかろうと這って逃げる。女が動かずにいることを確かめ、吉田の背中に膝を乗せた。

「誰に知らせた？　俺があの店に行くことは真鍋とおまえしか知らねぇことだ。こいつをどう説明する？」

苦しいのか、返答は返ってこない。

「……殺すぞ、この野郎……」

耳元でそう言うと、何とか息を整え、答えた。

「俺は……そんなことはしてねぇ……誰にも連絡なんかしてねぇ、嘘じゃあねぇ！」

「高木のおやじに言いつけられたか？　それとも……『勝村組』に頼まれたか……どっちだ？」

「知らねぇ、本当だ、嘘なんかつかねぇ」

立ち上がるとガウンの襟を摑み、引き起こしてソファーに座らせた。煙草を取り出し、もう一度女に言った。

「何か着て、おまえもこっちに来い」

女が大人しくガウンをまとって居間に来た。美女とは言えないが、可愛い顔をしている。

「大人しくしてるんだぞ。騒がなければおまえには何もしない。そっちに座って、何が起こるか見ていろ」

また二度頷く。女が顔面蒼白のまま離れた椅子に座る。吉田に向き直った。

「やつはおまえじゃなくて真鍋を撃った……こいつも示し合わせたことか？」

「違う！　襲ってきたのは見たこともねぇやつだ！　俺は何も知らねぇ」

一発左のパンチで顔面を叩いた。吉田がソファーから吹っ飛び、フローリングの床にへたばった。また襟首を摑み、強引に立たせた。口から血反吐をたらした吉田が身を捻《ひね》り、一発にすべてを懸けるように右のパンチを打ってきた。左腕でその腕を抱え込み、

「……おまえには無理だ……鼻を叩き潰されたいか？」

江満はそう言って右の拳で軽く鼻先を叩いてやった。吉田は、

「……分かった……もう勘弁してくれ……」

と泣き声で言った。吉田をソファーに戻すと、ベルトに差したリボルバーを取り出した。ゾッとした顔で吉田と女が江満の動きを見つめる。弾倉を開き、左の掌《てのひら》に六つの実包を落とす。その実包をテーブルに置くと、江満は吉田に言った。

「おまえは知らんかも知れないが、俺はハジキなんか持ったことがないんでな。だがよ、こういうゲームは知っている。映画で観たことがあるんだ」

実包を一つだけ弾倉に戻し、弾倉を思い切り回して閉じる。銃口を吉田の頬にあ

て、撃鉄を起こす。

「運が良ければ弾は出ねぇ。弾が飛び出すのは六分の一の確率だ……」

止めてくれ、と叫ぶのと同時に引鉄《ひきがね》を引いた。カチンという音だけで弾丸は発射されなかった。見つめていた女がヒッと叫ぶ。

「静かにしていろ、おまえが撃たれるわけじゃあねぇ」

と女に笑いかけ、

「さあ、うたえ」

そう言ってもう一度弾倉を開いた。六つある弾倉の穴に一つだけ実包の尻が見える。再び弾倉を回して元に戻し、撃鉄を起こす。弾倉がくるりと回った。

「……止めてくれ……頼む！」

「うたうか？」

「あんた……そんなに俺が嫌いなのか……本当に、俺は何もしてねぇ……嘘じゃあねえんだ……」

「今度は弾が出るかも知れねぇぞ」

吉田が泣き出した。引鉄をそのまま引いた。またカチンという音だけだった。

「……おまえ、けっこう運が強いな……」

また弾倉を開け、回転させて元に戻した。わぁーっと叫び、少しでも江満から遠ざかろうとソファーから仰け反る吉田に言った。

「確率は同じだ……六分の一」

そう言ってまた撃鉄を起こす。

「分かった、止めてくれ、頼む！　あんたを馬鹿にしたようなことを言ってすまなかった、勘弁してくれ。あんたの言うことは何でもきく。許してくれ、頼む！」

「じゃあ言え、誰に俺の居場所を知らせた？　おまえと真鍋のほかに、あの店に俺が行くことを知っていたのは誰だ？」

「……そいつは……頭だ……」

「頭？　頭ってのは光岡のことか？」

「違う、光岡じゃねぇ、本家の林さんだ……」

「なんだ？　『三俠会』の林だと……？」

「ああ、林さんだ……でも、それはあんたが考えてるようなことじゃねぇ。林さんに連絡したのは襲われるちょっと前で、俺が教えたからあのヒットマンが来たわけじゃねぇ。俺たちはずっとつけられていたんだ。こいつは嘘じゃあねぇ、頼むから信じてくれ！」

「……林には電話したんだな……そいつはあの喫茶店に入る前か？」

「いや、入ってから直ぐ。だから、あいつは林さんが送って寄越したわけじゃあねえ。あんたはずっとつけられていたんだ、刑務所を出た時からつけられていたんだ……そうに違いねぇ。俺が連絡入れたからじゃあねぇ、本当だ！」

江満は銃口を吉田の顔から外し、言った。

「……こいつが怖いか……？」

「う、撃ち合いならどうってことはねぇが、こういうのは、ダメだ……勘弁してくれ、頼む」

恐怖で目を見開いている吉田に言った。

「言ったことに嘘はねぇな？」

大きく息を吐いて吉田が答える。

「嘘はついてねぇ、本当だ……俺の携帯調べてくれたら分かる。通話記録があるから」

吉田を見つめた。嘘を言っているようには見えない。

「……おまえの携帯出せ……」

「分かった」

吉田が女に言った。

「背広のポケットに入っている、とってきてくれ」

女が江満を見つめる。

「いいよ、とってこい」

女が吉田の携帯を持って来た。

「通話記録を出して見せろ。通話の時間も出ているんだろ?」

女が頷き、携帯の通話記録を出して江満に差し出す。吉田が言ったように喫茶店に入った頃の時刻に通話が一本あった。

「これが林の携帯の番号か?」

「そうだ、林さん個人の携帯だ」

江満は手にあるリボルバーの弾倉をまた開けた。

「……林が何で俺の動きを知りたがる?」

吉田が恐怖の目で江満の手先を見つめる。飛び出した弾倉をまた回した。慌てた吉田が引き攣った声で言った。

「それは……あんたと西田会長のことが……気になるからだと思う……」

「俺と竜二が気になるのか……」

「ああ、林さんは、西田会長も頭の光岡も信用していねぇ。俺は、そいつを報告するために『一興会』に送り込まれたんだ。ぶっちゃけた話、そいつはたぶん頭の光岡だって察してる……俺は、だから、べつにあんたの命取るために送り込まれたわけじゃあねぇんだ。嘘じゃあねぇ、頼むから信じてくれ！」

江満は撃鉄を起こし、銃口を自分のこめかみに当てた。江満を見つめていた女が小さく、

「止めて！」

と叫ぶのと同時に無造作に引鉄を引いた。カチンという音……。

「……なかなか出ねぇな……」

と苦笑し、また弾倉を開く。啞然と江満を見つめる吉田に言った。

「ほかの弾、試してみるか？」

吉田がぞっとした顔で首を横に振る。江満は開かれた弾倉にテーブルの上にある五発の実包を戻した。吉田の目がまた大きく見開かれる。

「馬鹿野郎、撃ちゃあしねぇよ」

江満は笑って拳銃をベルトに戻し、蒼白の顔のまま目を見開いている吉田に言った。

「信じてやるよ」

ほっとした吉田の顔が緩む。女の大きな吐息が聞こえた。苦笑して女を見た。丸顔で、造作はみんな小さい。大きいのは瞳だけ。歳は十代に見える。

「あんた、いくつだ？」

と女に訊いた。

「二十一です」

と素直な答えが返って来た。

「名前、なんて言うんだ？」

「……仁美《ひとみ》です……望月《もちづき》仁美……」

「だから目がでかいんだな」

「その瞳ではないです、仁丹の仁に美しい」

「なるほど、仁義の仁に美しいか」

と、また江満は微笑《ほほえ》んだ。

「こんなヤクザ者とは別れろ。良い名を付けてくれた親が泣くぞ」

立ち上がって吉田に言った。

「もう許してやるよ、命びろいしたな。その代わり条件付きだ」

勢い込んだ言葉が返って来た。

「何です？　何でもやりますから、勘弁して下さい」

手ぬるいことは分かっていた。完全に服従させるなら、もっとしばかなければ駄目だ。死ぬ寸前までしばいてやれば報復の思いがなくなる。それでもあのロシアン・ルーレットは効いていたようだった。心底びびったのは間違いない。

「殺そうと思ったが、ひょっとしたら役に立つかも知れねぇ気もする。試してやるよ。今夜のことは誰にも喋るな」

二度頷き、

「分かりました」

と吉田が喜色を見せて言った。

「もう一つ」

「なんです？」

「このまま俺のガードをきちっと務めろ。俺のガードに松井と竹田という野郎が来ているが、今夜から、俺のガードはおまえだ。こいつは変えない。そいつを忘れるな」

「分かりました、やります！」

「それからな、これまで通り、俺の動きを林に伝えても構わねぇ」

「なんですって……そんな……？」

「その代わり、俺を恨むな。命の借りが出来たと思え。もう一度裏切るようなことがあったら、今度はおまえを殺すからな」

そう吉田に言い置いて江満はゆっくり戸口に向かった。錠をおろすためか仁美という女が戸口までついて来た。

「男はチンポでも面でもねぇぞ……つまらねぇ男の食い物になるな……」

廊下まで出て来た女が、二度頷く。この女は何でも二回なのか、と可笑《おか》しくなった。

女の小さな肩を一つ叩き、江満はエレベーターホールに向かって歩き出した。

七

江満は歩道で立ち止まり、背後のビルを見上げた。十六階建てのビルはこの界隈《かいわい》ではもっとも高い。Y市の目抜き通りからいくらか離れてはいるが、一等地にあることは紛《まぎ》れもない。以前の『三俠会』の本部事務所は駅には近かったが、ボロビルの賃貸だった。

この新しい事務所ビルは賃貸ではなく『三俠会』のものだ。兄の一生がどう思おうが、これはあくまで高木の才覚で、兄の一生にこんな芸当は出来ない。

五十億の債権を押さえて手に入れたものだと光岡から聞いたが、引退に追い込まれた山下のおやじはどう思っているか。本来なら新しいビルの十五階にある事務所の会長室に入るはずだった山下のおやじである。さぞ悔しかったに違いない。事務所の上の十六階は会長になった高木の自宅で、五百平米の広さだと、これも光岡から聞いた。

「……どうかしたんですか……？」

とベンツの後部ドアを開けて待つ松井が言った。

「なんでもねぇよ。それにしてもでかいビルだと思ってな」

江満はそう答え、苦笑いで後部シートに乗り込んだ。ドアを閉めた松井が反対側のドアに回って江満の隣に乗り込む。吉田が慌てて助手席に乗る。吉田の左目と頬は青黒く腫《は》れあがっている。そいつは江満がやったことではない。江満は顔面を避けて、殴ったり蹴ったりしたのは腹だけだ。青あざは、事情を知った光岡が、

「どうして真鍋の傍についていねぇ！」

と言ってヤキを入れたものだと松井から聞いた。その光岡は竜二について今日は朝

からN県に出かけている。江満を襲ったヒットマンの件で『仙石組』の組長に会うのだという。それにしても、吉田にしてみれば散々の日だったことだろうが、これは真鍋が光岡に話したからで、江満が口外したわけではない。

最後に運転席に乗り込んだ竹田が松井に訊いた。

「事務所ですか？」

「いや、山下のおやじさんの家だ」

と松井に代わって江満が答えた。山下のおやじにはすでに今朝、訪ねることを伝えてある。意外という顔で隣の松井が訊いてきた。

「山下のおやじさんに呼びつけられたんですか？」

「呼びつけられたわけじゃあねぇよ。出所してから挨拶してねぇからな。兄貴のことで世話になったんだ、挨拶もしねぇんじゃあ具合が悪いだろうが」

「……ですが……江満組長の面倒をみてくれたのは、林さんとうちの西田会長で……」

「何もかも竜二が仕切ったと言いてぇんだろう。解ってるよ、そんなこたぁ。さあ、山下のおやじさんに電話しろ、今から行くってな」

松井が携帯を取り出して山下の自宅を呼び出すのを聴きながら、江満はもう一度ビルを見上げた。一、二階はレストランなどの飲食関係がテナントとして入り、三階から上は旅行代理店などの企業が入っている。当然ながら、どの企業も陰のオーナーは『三俠会』か高木だ。このビルのあがりは、いったいどのくらいになるのか。おそらく途方もない額になるのだろう。

「……来客中なので少し後にして欲しいそうですが」

と携帯を掌で押さえた松井が言った。

「分かった」

山下信久の自宅は南に四キロほどの屋敷町にあり、車なら十五分ほどで着く。

「それじゃあ時間をずらして伺います」

そう言って携帯を切った松井は、

「どうします、いったん事務所に戻りますか？」

「いや、構わねぇ、このままおやじさんの家に行け」

「ですが……」

「近くまで行って時間を潰せばいい」

「分かりました……竹田、車出せ！」

どこかで待たずに山下の家に向かったのには理由がある。江満は引退した山下の自宅を訪ねる客がいることに興味があった。江満の知る山下は、通常の客には組事務所か所有の施設である『健康ランド』の会長室でしか会わないと以前から聞いていた。それが証拠に、江満自身、山下には何度も会っているが、自宅に呼ばれたのは、兄と二人、正月の挨拶を含めてもたったの二度だ。そんな自宅にいったい誰を呼んだのか……。江満にはそいつをこの目で確かめてみたい気もあった。

繁華街をしばらく走り、江満は煙草を吸いながらただ走り過ぎる街の景色を眺めていた。たった六年刑務所に入っていただけなのに、見慣れているはずの街の景色がずいぶん変わっている。記憶にない新しいビルがいくつも増え、街の景色を変えていた。

車が住宅地の丘に上り始めた。山下の家までは二十分ほどで着いた。

「その辺で停まれ」

江満は山下の屋敷から三、四十メートルほど離れたところで車を停めさせた。市内一の高級住宅地と言われるだけのことはあってどの家も豪邸だが、山下の家は特別に大きい。角地にある豪邸は高いコンクリートの塀でぐるりと囲まれている。巨大な門扉は鉄製だ。門には当然ながらカメラが設置されてある。カチコミを警戒しての作りだろうが、今はその巨大な鉄の門扉が開いている。

「それにしても、でけぇ家だな」

と江満が呟くと、

「この辺りじゃあ一番だそうです」

と松井が答えた。

五分ほど待つと、その巨大な門から車が出て来た。紺色のベンツだった。

「……ありゃあ戸山《とやま》のおやじさんの車ですよ……」

と松井が言った。

「戸山のおやじさんか……」

戸山克己《かつみ》は『国分組《こくぶん》』の二代目組長である。『国分組』は『三俠会』の前身である『山下組』より少し前に出来た古い組で、原田《はらだ》、山下、それにもう一人国分幸助《こうすけ》という男と三人で、車座になって頑張ろうという意味で作られた組織だった。国分幸助という親分はすでに死に、二代目を若頭だった戸山が継いだ。いっぽう『国分組』から分かれた旧『山下組』だけがでかくなり、『三俠会』となった。『国分組』は二代目戸山になって『三俠会』の傘下に入っている。

現在、戸山は『三俠会』の特別顧問。だから二代目の戸山が山下と親しくしていても分からないではない。だが……今の山下信久に近付いていても得になるものは何もない……。山下が病気で臥《ふ》せっているというのなら分かるが……何でわざわざ自宅を訪ねるのか……。面白いといえば面白い目撃ではあった。

「ゲート閉められる前に行け」

「分かりました」

江満に命じられて車は半分ほど閉まりかかった門扉の前で停まった。若い衆が二人、怯《おび》えの混じった目で江満の車を確かめる。山下のおやじは、引退しても何人かの若い衆を傍に置いているのか、と若い衆を見て、大したものだ、と思った。光岡が言ったことを思い出す。『三俠会』の会長だった頃と実入りはそう変わらないのかも知れない。

「馬鹿やろう、開けろ！　俺だ、『一興会』の松井だ！」

窓を開けて怒鳴《どな》る松井に若い衆が慌てて閉じかけた門扉を再び開ける。門から玄関まで長い車道が続いている。左手に見える芝生《しばふ》の庭は広大である。

屋敷には松井を連れて入った。

「おう、辰夫、よう来た、よう来た」

若い衆に案内されて入った日本間にいた山下は、これまでに見たことのない満面の笑みで江満を迎えてくれた。

「ご無沙汰をいたしました。ご挨拶に伺うのが遅くなって申し訳ありません」

江満は正座して山下に挨拶した。引退してしょぼくれているかと思っていたが、どうして山下は元気そうだった。丸い顔はてかてかと脂《あぶら》ぎっている。

「いいってことよ。それより、辰夫、思っていたよりもずっと元気そうだな。まあ、こっちに来て一杯やれ。おまえもこっちに来い」

戸口に控える松井を手招きし、テーブルにあったブランデーを江満と松井に勧めると、

「聞いたぞ、高木から」

と山下は面白そうな笑みを見せて言った。

「高木のおやじさんから、電話でもあったんですか」

「そうよ。今さっきあった。おまえ、高木の誘いを断ったんだってな」

「誘いって……どの件ですか」

「決まっているだろう、組を立ち上げる件よ」

「はあ、そのことですか……」

「高木の野郎、俺に何とかおまえを説得してくれと泣きついて来たぞ」

と山下はそう言って嬉しそうな笑みを見せた。泣きついたというのは嘘だろうが、

高木がその場から電話を掛けて寄越すとは意外だった。山下を訪ねるということは高木にも告《つ》げたから不思議ではないが、組を立ち上げる話をなぜ山下にするのか。高木は口の軽い男ではないのだ。『笹の川』進出の話はどうやら山下と高木がつるんでの計画だったようだ……。

姐《あね》だった山下の細君が手伝いの若い衆と酒肴《しゆこう》を持って入って来た。山下美也子《みやこ》、その昔は東京の銀座《ぎんざ》でトップホステスだったという女だ。昔は飛び抜けた美形だったが、山下に比べ、こちらは六年も見ないうちに相当に老《ふ》け込んでいる。女たらしの山下が、若い女、若い女と浮気を繰り返すのも無理はないか、と腹の中で苦笑した。

「まあまあ、辰夫、久しぶりねぇ、よく来てくれたわ」

と厚化粧を崩して笑う。その美也子から酒を勧められ、江満はブランデーグラスから盃に変えた。美也子に二、三近況を説明すると、山下は、

「さあ、おまえは向こうに行ってろ、男の話があるんだ」

と煩そうに美也子を座敷から追い立てた。はいはい、と苦笑して美也子が座を外すと、山下はまたさっきの話を蒸し返した。

「……それにしてもよ、辰夫、何で断った？　高木がそうしろと言ってるんなら受けたらいい話じゃあねぇか」

「組の件ですか？」

「おお、そうよ。どのみち、おまえ、新しい組を作る気でいたんじゃあねぇのか？」

「いや、そんなことは考えていませんよ、おやじさん。しばらくのんびりして、兄貴のところにでも行ってみようかと、考えていたんで」

「一生のところにか？」

「フィリピンは一度も行ったことがねぇんで」

勧められる酒を受けてそう言うと、

「……辰夫……一生はな、フィリピンにはいねぇよ」

と苦い顔になって山下が言った。

「……兄貴は……マニラにいるって聞いてましたが……違うんですか？」

「いや、マニラにはいねぇ。一生はたぶんソウルにいるはずだ」

これは初耳だった。

「それじゃあ……マニラからソウルに移ったんですか？」

「ああ、まぁ、そういうことじゃあねぇか。一生のことは高木んところがやったからな、その後の詳しいことは聞いてねぇんだ」

江満が隣にかしこまる松井に訊いた。

「おまえ、知っていたのか？」

「ええ、まぁ」

歯切れの悪い言葉が松井から返ってきた。

「だからよ、辰夫、組のこと真剣に考えろや。いまどきそう簡単に組は作れんぞ。金が要るなら俺から高木に言ってやる。高木がしけたことを言うようだったら、わしが資金出してやってもいい」

「組を作れって、『笹の川』にですか」

「そうよ。こいつも高木んところから聞いたが、おまえ、狙われとるっちゅう話じゃないか。だったら、こっちから『笹の川』に出張ってやれ。田舎ヤクザに舐められていていいのか、辰夫。一生の気持ちも察してやらんか。組潰されて、おかしなところに隠れて何も出来ん一生の気持ちもよ。これがおまえだったら、一生がどうするか考えてみろ。一生だったら一も二もなく立ち上がるぞ」

なるほど、兄の一生と立場が逆だったら、兄貴は躊躇《ちゅうちょ》なく『笹の川』に乗り込むだろう。いや、あの竜二の忠告が無かったら、俺だって深く考えずに高木の申し出を素直に受けていたかも知れない、と江満は思った。

「分かりました……もう一度よく考えてみます」

とだけ江満は答えた。この返答で満足はしなかっただろうが、それでも山下は機嫌が良くなり、

「『江満組』の再興はな、おまえの腹ひとつにあるんだ。チャンスがまた来ると思うな。わしらヤクザはな、言ってみりゃあ冬の時代だ。どこもシノギで苦労している。組作っても、シノギの場がなけりゃあどうにもならん。だが、この話には『笹の川』という場がくっついているんだ。あそこは、言ってみりゃあ未開地みてぇなもんだからな。その気になりゃあ相当でかいことが出来る。再開発とでもなりゃあ、何十億の商売になるんだ。今も言ったが、『勝村組』なんてものは所詮田舎ヤクザだろうが。ほかの土地と違って蹴散らすのはそう難しいことじゃあねぇだろう。高木の話じゃあ『大星会』と根回しが出来たそうじゃあねぇか。『大星会』を相手に戦争は出来ねぇが、相手が『勝村組』だけならどうってこたぁねぇ。おまえがその気になりゃあそっくり『勝村組』のシマも取れる。こんなチャンスはまたとねぇ。どのみち、おまえがやらなきゃあ竜二んとこがやるんだ。あるいはほかの組がな。おまえが出所してきたのは、だから、またとねぇ時期だったってことだ。そうだろうが、なあ辰夫。俺が辰夫が出てくるまで待て、と高木に言っておいたから、この話をおまえに回したんでな、俺が釘を刺しておかなかったら、高木はとうに西田にこの話を振ってたはずだぞ」

「たしかに……おやじさんの言うとおりで……」

と江満は答えた。竜二が「絶対に進出の条件が付いた組の立ち上げは受けるな」という忠告が煩《わずら》わしい思いに変わってくる。ひょっとしたら竜二には、「『一興会』でやる」という別の思いがあってのお為《ため》ごかしか、と、そんな疑問すら頭を過《よぎ》る。そんな疑念を心の中で振り払い、江満は山下に言った。

「そのことに関しては、もう一度じっくり考えてみますので。やると決めたその時は、おやじさん、ひとつよろしくお頼みします」

「おうよ、いつでも来い。一生とおまえの為ならな、いつでも力になるぞ。わしと美也子はよ、これまでおまえたちを息子のように思ってきたんだ。一時は、一生をな、『三俠会』の跡目にと考えていたんだからよ」

最後の言葉がグサリと江満の心を刺した。江満は脂ぎった丸い山下の顔を見つめた。本当にこのおやじは、そんなことを考えた時期があったのか。嘘っぱちだと分かってはいても、そいつを信じていた兄の一生を思い浮かべた。その一生は、今、韓国にいる……。

「それじゃあ、おやじさん、わたしはこれで」

これ以上兄に関する話を聞くのが辛く、江満は腰を上げた。珍しいことに山下はわざわざ若い衆と一緒に玄関口まで江満たちを送りに出て来た。

「辰夫よ、何かあったらいつでも訪ねて来い。親父に会いに来るつもりでよ」

「有難《ありがと》うございます。それじゃあ、お達者で」

待たせてあったベンツに乗り込むと、松井が言った。

「頭……」

「なんだ？」

「『笹の川』のことですが……高木のおやじさんから組の再興の話が出たんですか？」

「ああ、出た」

「そいつを頭は断ったんですか？」

「まあな」

ベンツが門を出た。門扉の傍に立っていた若い衆が二人、走り去るベンツに頭を下げる。

松井が座席に手を突いて言った。

「頭、その件で話したいことが」

悲痛な顔でそう言う松井に江満は何も応えず、江満は、

「煙草」

とだけ言った。松井が慌てて煙草を取り出す。

「……頭……！」

「火、点けろ」

松井に咥えた煙草に火を点けさせると、大きく煙を吐いた。

「頭、『笹の川』の件は……」

「止めろ、その話は帰ってから聞く」

そう言って江満は目で前席の二人を示した。ハンドルを握る竹田も隣の吉田も、『笹の川』という言葉から、江満が何を口にするか、聞き漏らしてはならないと緊張しているのが分かる。松井も迂闊に『笹の川』と口にしたことに気づき、

「分かりました」

と口を閉じた。

松井の言いたいことは無論江満にも分かっていた。江満は竜二の言葉を思い出した。江満が出所しなかったら、高木はこの松井を嚙ませ犬として使う気だったのだ。そんな話を高木から受けていたかどうかは分からなかったが、松井なら一も二もなく飛びついただろう。たとえ『笹の川』への進出という条件が付いていても、組を持たせてもらえるとなれば、松井に断れというほうが無理だ。松井は、『勝村組』など箇

単に潰せると信じている。戦争になっても、負ける、などということは頭から考えていない。

さて、問題は竜二だな、と江満は思った。結局のところ、竜二のアドバイスを信じてこの一件から手を引いても、竜二は俺のように自由はきかない。高木から命じられれば、おそらく逃げることは出来ないだろう。俺に代わって竜二の『一興会』が結局はそいつを引き受けなければならないのだ。それを知っていて、竜二はいったい何を考えているのだ……。江満は短くなった煙草を灰皿に投げ込み、

「煙草」

と松井に命じた。

八

マンションに戻ると、江満は吉田と竹田を部屋に残し、松井を連れて屋上に上がった。緊急時の避難に備えてか、屋上に出る扉に旋錠は無い。がらんとした屋上には昼時のせいか人影はなかった。扉を閉める松井に言った。

「松井よ」

「何です？」

「こっちへ来い」

町並みが綺麗に見える展望から視線を松井に戻して言った。

「けじめをつけてやる」

前に来た松井の脇腹に左のフックを叩き込んだ。六年前まではまるで鉄の鎧《よろい》のような筋肉がついていた腹だが、不摂生がたたってか、今の松井の腹は脂肪が厚くのっていた。拳が四、五センチ食い込む。ウッと呻くところをさらに一発、同じところに拳を打ち込む。二発目は渾身《こんしん》の力で打った。なにせプロのレスラー上がりの男である。プロレスの試合が芝居だと思ったら間違いだ。本気で暴れさしたら先《ま》ず押さえられる者はいない。

普通なら一発で大抵の者は簡単に沈む。だがさすがに松井で、堪えている。そのまま続けて、右でテンプルを殴りつけた。さすがの松井もこれで片膝を突く。

「松井よ、兄貴を護れなかったことに文句があるわけじゃあねぇ。兄貴が手がつけられねえ男だってことは分かってるからな」

松井が頭を振って荒い息を吐き、苦しげに江満を見上げる。

「……頭……」

「てめぇに一度訊いておきたいと思っていたんだ。おまえ、何で組を潰されるのを黙って見てた？」

今度は右足の甲の部分でさっきと同じテンプルを蹴り飛ばした。松井の体がこれで横転する。

「てめぇには俺の代わりに組を仕切らせていたはずだ、違うか？」

靴の先端で腹を蹴り込む。これ以上しばけば、ダメージを残す。腹を押さえて呻く松井を見やりながら煙草を取り出し、百円ライターで火を点けた。

「組潰されて、『一興会』に拾われて、それで格好がついたと思ってるのか？　おまえも頭の代行やってた男だろうが。光岡あたりに頭下げて、へらへらしやがって」

何とか上半身を起こし、松井が荒い息の下で言った。

「すんません、頭。何と言われても仕方がねぇ。俺は……頭が務まるような男じゃあねぇんです。若い奴らを食わすことも出来ねぇ。勘弁してくれ、頭」

「言いたいことはそれだけか」

「……俺は……江満の親分が戻るのを待っていた……他の奴らも同じ思いです。いずれ親分は戻って来ると……それまで何としてでも待つ……待つには……『一興会』を頼るしか術が無かった……俺に甲斐性《かいしょう》があれば、他のやり方もあったんでしょうが

「……俺には、他にやりようがなかった……すまねぇ、頭、勘弁してくれ」

両手を突く松井の前にしゃがんで咥えていた煙草を差し出した。

「さあ、吸え」

震える手で煙草を受け取り咥える松井を見ながら、江満は自分も新しい煙草を咥えた。

「おまえ、『笹の川』の件で、俺に、高木の話を受けろと言いたいんだろう? 違うか?」

「そうです。組の再興は……わしらの悲願なんだ……頭が受けてくれたら、わしらはいつでも命捨てる気でおるんです。こいつは、誓って嘘じゃあねぇ」

「松井よ、おまえ、『笹の川』に乗り込んでいって、『勝村組』を潰せると本気で思っているのか?」

「やりますよ、やってやる。蛇と同じだ、頭さえ取っちまえばどうってことはねぇ。あそこは勝村って親分あっての組なんだ。その勝村の命さえ取れれば、あんな組はどうってことはねぇんです。頭がやれ、と言ってくれたら、俺は明日にでも『笹の川』に乗り込む」

「……勝村ってぇ親分はあの辺じゃあ人望があるんだってな」

立ち上がり、続けた。

「竜二は止めろと言ってる」

驚いた顔で松井が江満を見上げて訊いてきた。

「どういうこってす？　会長が、西田の会長が止めろと言ったんですか？」

江満は頷いた。

「そういうことだ。俺たち『江満組』だけでやっても、とうてい勝ち目はないそうだ。舐めてかかったらえらい目に遭うってな、竜二がそう言ってる」

「そんな……そんなこたぁねぇ！」

「どうしてそう言い切れる？　じゃあ訊くがな、松井よ、おまえ『勝村組』のことをどれくらい知っているんだ？」

「それは……」

「上に『大星会』がついていることは知っているよな」

「もちろん知ってます」

「竜二はな、その『大星会』が出て来なくても、俺たちには『勝村組』を潰すことは出来ねぇって言ってるんだ。どうしてか分かるか？」

「……いや、分からねぇ」

「じゃあ訊くが、あそこの組員はどのくらいだ？　何人いる？」

「三十人はいねぇはずです。たぶん、二十名くらいかと」

「よく聞けよ、松井。おまえはあそこが何人いるかも知らねぇ。それでも簡単に潰せると思っている。その根拠は何だ？　どうして潰せると思っているんだ？」

「ですから、頭さえ取っちまえば……」

「『勝村組』の頭は勝村常次郎って爺いだそうだが、その爺いは今は車椅子だって聞いている。もちろん竜二もそいつは知っているはずだ。つまり、親分はすでに死に体になっている。要するに昔と違って采配は振れん。それでも竜二は喧嘩したら勝てないと言っているんだ。どうしてかと言えば、土地柄が俺たちに味方しねぇからだそうだ。戦争になりゃあ俺たちは二十数人の組員相手じゃあなくて、土地の者をみんな相手にせんとならんそうだ。おまえは、そんな事情を知っていて勝てると言ってるのか？」

「いや……それは……」

「頭の命取るって言うがな、頭の爺いはとっくに死に体なんだよ、松井。車椅子の爺いの命取るだけで『笹の川』制圧が出来ると焦って動けばどうなるか。よく考えてから物を言え。やるとなったら、どうにでも勝たなくちゃあならんのだからな。ただの報復ならそれでもいいが、組を再興するための喧嘩となれば、話は別だろう。喧嘩は勝てる喧嘩だけにしろと竜二に言われた。それがプロだってな。正直、痛いところを突かれた気がしたぜ」

江満は屋上のふちから、眼下に広がる町並みに視線を移した。

「……俺は兄貴が『三俠会』の跡目を継げなかったのは仕様がねぇと最近思うようになった。どうしてか、おまえに解るか？　兄貴はたしかに喧嘩には強かった。負けると解っていても挑まれれば向かって行ったよな。俺もよ、兄貴に言われるまま遮二無二《しゃにむに》どんなにでかい相手にも向かって行った。おまえも分かってるだろうが、滅多《めった》に負けることは無かったしな。だが……犠牲者も出した。あの頃は、そんなこたぁ喧嘩なら当たり前だと思っていたが、やっぱりそいつは間違いなんだな。犠牲者が出るような喧嘩は、しちゃあいけねぇんだ。それじゃあ勝ったことにはならんのよ。勝てる喧嘩しかしちゃあいけねぇって言う竜二のほうが間違っちゃあいねぇんだ。それが今のヤクザの生き方だってな、六年刑務所に入って気がついた。組が大事なら、組員を刑務所に入れちまうようなことはしちゃあならねぇ。頑張ってたおまえなら分かるだろうが、刑務所に行った組員の家族を俺たちはしっかり守ってきたか？　『江満組』にはそいつが出来なかっただろうが。知ってのとおり貧乏な組だったからな。だから高木の『一興会』に食われた。土台、ここがまともな組員が一人もいなかった『江満組』だからな、潰されても仕方がねぇのよ」

と江満は自分の頭を指さして笑った。

タイルの上に手を突き、項垂《うなだ》れた松井が呻くように言った。

「……頭……すまねぇ……」

「別に謝ることはねぇ。そもそも俺が馬鹿なことをしちまったんだからな。ヤクザが泥棒の片棒担《かつ》いでパクられたんじゃあ冗談にもならんだろう。パクられた時にな、担当の刑事に言われたのよ、『おい、泥棒』ってな。任侠《にんきょう》気取っても、泥棒じゃあな。ヤクザはな、〝乞食《こじき》の下、泥棒の上〟って言うんだそうだ。な、下手打った馬鹿な野郎って言われても仕方がねぇのよ。だから、今度はな、もう馬鹿なことはしねぇ。勝てる喧嘩しかしねぇって決めた」

「頭……！」

「松井よ、俺はヤクザだ。ヤクザから喧嘩を取っちまったら何にも残らん。そいつを忘れちまったわけじゃあねぇ。だから、『笹の川』の形はつける。形はつけるが、ただ乗り込んで行ってドンパチやる気はねぇ。勝つと判ってからやるんだ。その為に何をやるかだな……。立てよ、松井……」

松井がのっそりと立ち上がる。

「頭……俺たちは何をしたらいいんで？」

「情報だな、間違いのない」

「『勝村組』に関する情報ですか？」

「ああ、そうだ。だが、知りてぇのは『勝村組』の動きだけじゃあねぇ」

「どういうことです？」

「俺たちが聞いている『笹の川』の情報は、みんな竜二のところから聞いたもんばかりだろう。『一興会』と『大星会』との話し合いも、どこまでどうなっているのか詳しいことは判らんだろうが」

「……たしかに……」

「その証拠に、おまえは勝村の爺いの命取るって言ったが、その勝村の爺さんが本当に車椅子に乗っているのか見たことがあるのか？」

「いや……そいつは……」

「ねぇんだろう、みんな人から聞いた話だろうが。あそこの組員の正確な情報も、あるようで無い。つまり、俺もおまえも、正確なことは何一つ知らんのだ。要はな、知らんことばかりで侵攻の話は呑めんということだ。組の再興は『笹の川』への侵攻が条件なんだからな。竜二の話が本当なのか、『大星会』との話は本当に上手く行っているのか、そいつも確かめんとならんだろうが」

「解りました……頭の……言うとおりで、俺は……俺は……いったい何をやってたんだか……」

江満は項垂れる松井に向き直った。

「ところで、『江満組』の組員は今何人『一興会』に居るんだ？」

「俺と真鍋、後から入った竹田を入れて、八人ですか……ただ、俺たち三人以外は、頭はほとんど知らん連中です。みんな、後から入ってきた若い者ばかりですから」

江満が若頭だった当時の組員総数は二十二名。江満が知っている古株は、『一興会』には残らなかったのか？

「ほかの連中は……それじゃあどうしたんだ？」

「頭が知っている連中は、散り散りです。高木や西田の盃なんか飲めるかと、出て行ったんですわ。残ったのは若い連中だけで」

「なるほどな、そういうことか」

「引き留められなかったのも、みんな俺に甲斐性が無かったからです。申し訳ない……勘弁して下さい」

また跪《ひざまず》こうとする松井の太い二の腕を捉えて言った。

「まあ、聞け」

短くなった煙草を捨てて言った。慌てて新しい煙草を取り出す松井に続けた。

「明日にもな、元の組員の中からカタギに見える若いのを一人選び出せ」

「カタギに見える、ですか」

頷き、松井の手から新しい煙草を取って咥えた。

「ああ、ヤクザ者に見えない奴を一人選べ。そいつらに温泉旅行をさせてやるんだ、女連れでな」

喜色を見せて松井が言った。

「……『笹の川』ですか……」

煙草に火を点けさせ、江満が答えた。

「『勝村組』に関する情報を集めさせろ。それだけじゃあない、土地柄もな。だが、こいつは守れよ。おまえが付いて行っては駄目だ。そいつらだけで行かせろ。おまえは目立つ。おまえの出番は俺と一緒で一番最後だ。そいつを忘れるな」

「分かりました！　すぐにでも支度させます！」

「出来れば、竜二や光岡に気づかれんようにやれ。吉田にもな」

「分かってます」

松井のこめかみを見上げて言った。

「色が変わってきたな、加減したつもりだったが……」

「どうってこたぁないです、こっちのは。痛ぇのは腹です。頭のパンチは衰《おとろ》えてねぇ」

と松井は脇腹を押さえて見せた。

「俺のパンチが強いんじゃあねぇよ。おまえの腹がぶよぶよになったってことだ」

江満はそう笑って昇降口に向かって歩き出した。

九

真希は横たわる男の肩から二の腕に指を這わせた。湯に浸《つ》かった後なのに皮膚《ひふ》はびっくりするほど冷たい。

「……冷たいのね、刺青《いれずみ》をした肌って」

真希がそう呟いても男は何も答えずに天井を見つめたまま黙っている。背中から手首まで男の体にはしっかりと墨が入っていた。土地柄、刺青のある客がこれまでなかったわけではないが、真希はこれほど綺麗な刺青の客に会ったことはなかった。絵柄は酒呑童子《しゅてんどうじ》。赤の墨が鮮やかに浮かび上がっている。

「加奈ちゃんも、この肌触ったことがあるのよね」

加奈という名が出たからか、男の肩が微かに動いた。寝返りをうった男が言った。

「煙草をくれんか」

「私のでいい？　マルボロだけど」

「何でもいい」

真希は備え付けの籠《かご》から自分の煙草とライターを取り出し、煙草を咥えて火を点けて渡した。男がその煙草を吸い、大きく煙を吐く。紫煙が低い天井に向かって消えて行く。

男は江満辰夫、加奈子の亭主だった男だ。会ったのは数日前に一度だけ。加奈子をソープに売った男だから、会う前から最低のヤクザだということは判っていた。そんな男に好感を抱くはずもないが、客だから肌も合わせる。そして抱かれてみて、加奈子がどうしてこんなヤクザに魅《ひ》かれたのか、少しは解ったような気がした。もっとも、正確に言うと、江満は客として入って来たにもかかわらず、真希を抱いてはいない。

「どうせ何もしないんでしょう？　ビールでも飲む？」

と真希が訊くと、江満は、ただ、

「ああ」

とだけ答えた。真希は小型冷蔵庫から冷えたビールを取り出し、グラスを江満に渡した。グラスも冷蔵庫の中で冷やしてあるから冷たい。

「銘柄はこれだけ」

「何でもいい」

江満は起き上がってグラスを受け取ると、真希からビールを受けた。真希も自分のグラスにビールを注いだ。

真希は旨そうに一気にグラスのビールを飲み干す江満を見つめた。抱く気もないのに何でわざわざ客としてやって来たのか。六十分の客だから何もしなくても三万五千円の料金がかかる。指名料金を入れたら四万だ。加奈子の墓についてはすでに電話で教えてあったから、それが目的でないことは分かる。いったい何で……？　江満のグラスにビールを改めて注ぎ、思い切って訊いてみた。

「今日は何で来たの？」

「ん？」

「ソープに、ビールを飲みに来たわけでも煙草を吸いに来たわけでもないでしょう」

「あんたに会いに来た」

答えにならない答えだった。

「それは分かってる、指名してくれたんだから」

またビールを一気に干して言った。

「加奈子のことを聞きたかったからな」

「このまえ話したじゃない。ほかに、話なんかないわよ」

「だが、戸塚のことは聞いてない」

「戸塚さんのこと？」

と真希は訊き返した。やはりあの人のことが気になるのか、と真希は意外な気がした。

「戸塚さんの、どんなことが知りたいの？　大して知っているわけじゃあないわよ」

「そうだろうな。そいつは解ってる」

「何が知りたいの？　あの人と加奈子との関係？」

問いかけには答えず、江満は別のことを訊いてきた。

「加奈子のところにやって来た時だが、戸塚はまだ刑事だったのか？」

意外な質問だった。

「刑事？　あの人、戸塚さんって、刑事だったの？」

「ああ、俺をパクった刑事だ。Y市の所轄《しょかつ》じゃなくて警視庁のな」

真希は唖然とした顔で訊いた。

「あなた、じゃあ戸塚さんに捕まって刑務所に入ったの？」

江満が苦笑して答えた。

「笑い話みたいな話だが、そういうことだ」

真希も笑った。出来過ぎの話に聞こえる。

「あんたが知らなかったということは、戸塚はもう刑事じゃあなかったってことだな」

「ええ、違うわね。たしか……Y市でバーテンしてたって聞いたけど……」

「Y市でバーテン？　戸塚がか？」

「ええ、そう」

「間違いじゃあねぇのか？　あいつは京大出の男だぞ。働こうと思ったら、どこでも働ける男だ」

「間違いじゃあないわよ。電話を掛けたこともあったし」

「あいつが働いている店にか？」

「ええ、そうよ」

「店の名は？」

真希は覚えていた店の名を教えた。江満はじっと沈黙を続けたまま天井を見つめている。

思い切って訊いてみた。

「戸塚さんのことだけど……いつ頃からの知り合いなの？」

「小学校からだ」

と、これも予測しなかった答えが返って来た。

「知らなかった……子供の頃からの知り合いだったの……」

「加奈子から聞いてなかったのか」

「ええ、聞いてなかったわ。刑事だったなんて、それも知らなかったし」

「だが、あんたは、あいつといて、最期は幸せだったって言っていただろう」

「ええ、昔の恋人だったことは知っていたから」

「加奈子がそう言ったのか」

「そう、初恋の人だって」

「なるほどな、そういうことか」

と江満は呟くように言い、短くなった煙草を灰皿に捨てビールを飲んだ。

「戸塚さんに会うつもり？」

「いや」

とだけ江満は答えた。

「それならいいけど」

「俺が会うのが心配なのか？」

「ちょっとね」

「どうしてだ？　俺が何かすると思っているのか？」

「誤解して乱暴でもしたらと、そう思っただけ」

「誤解って、何だ？」

新しいビールを取りに立ち、真希は言った。

「話しておくけど、加奈ちゃんと戸塚さんの間には何もなかったのよ、あんたが勘ぐるようなことはね。ただ献身的に看護してくれていただけ。あの二人に男女の関係は無かったの。客としての関係も。だから、あなたにも誤解して欲しくないのよ。それじゃあ加奈ちゃんが可哀想だし、戸塚さんにも申し訳ないでしょう。こんな言い方変だけど、どういうのかな、見ていて涙が出るような関係だった」

　江満が苦い笑みを見せて言った。

「きつい女だな」

「加奈ちゃんのこと？」

「いや、あんたのことだ。いたぶり方をよく知っている」

「いたぶるって？」

「ああ、そうだ。おれはあんたに、今、目一杯いたぶられている」

「そうかもね」

　と真希はそれを認めた。江満はあんなに酷い仕打ちを加奈子にしながら、それでも加奈ちゃんを愛しているのだ。それが痛いほど伝わって来るのが不思議でもあった。

「たしかに俺は良い亭主じゃあなかったがな、あんたの亭主はどうなんだ？　こうして風呂にあんたを沈めたのは亭主なんだろう？　あんたの亭主もヤクザもんか？」

「そうじゃあないって、この前言ったでしょう。でも、似たようなものかも知れないわね。売られたわけじゃあないけど、結局は男のためにこうして働いているわけだから」

「ヤクザじゃあないなら、もっと性質《タチ》が悪い。女の稼ぎで生きるようじゃあ男も終いだ。これは俺のことで、べつにあんたの亭主のことを言っているわけじゃあない」

「……加奈ちゃんは……あなたが刑務所に入ってからここに来たのよね？」

「ああ、そうだ」

「どうして？　ヤクザって、お金がうなるほどあるもんだと思っていたけど」

「ヤクザにもよる」

と江満は笑って見せた。

「俺の組はみっともねぇほど金が無くてな。組にどうしても金が必要になって、それで加奈子はここに来た。俺が、働け、と言ったわけじゃあないが、まぁ、そう言ったも同然かも知れない。俺は、一応若頭だったから、子分もいたし、そいつらの面倒もみなくちゃあならなかったしな。ヤクザの女房なら仕方のないことだった。言い訳にはならないが」

「戸塚さんは、そんな事情も知っていたのね。あなたを刑務所に入れたことで、呵責の気持ちがあったのかしら……」

「それこそ誤解だ。あいつに呵責の念なんかあるわけがねぇ」

「どうしてそんなことが言えるの？」

江満が向き直って真希を見つめて言った。

「あいつにあるのは、俺に対する恨みだ。あいつにとっちゃあ、俺が六年で刑務所から出てきたことが我慢出来んはずだ。奴は俺を死刑にしたかったんだろうと思う。俺は戸塚に、恨まれても仕方のねぇことをしてきたからな。本来なら夫婦になっていた加奈子と戸塚の仲を引き裂いたのが俺だからよ。加奈子から聞いてなかったのか？　俺は加奈子を戸塚から強奪したんだ、強引にな。加奈子に戸塚を諦めさせるのには、そうさな、半年もかかった」

新しく注がれたビールをゆっくり飲み、笑った。

「あんた、加奈子が覚醒剤中毒だったことも知っているか？」

真希は蒼《あお》ざめながら頷いた。入院してから薬は使えなくなったが、勤めている時は隠れて覚醒剤を使っていたのだ。

「……戸塚を諦めさせるまでには、口では言えんようなこともしたしな。シャブも使ったし、痛めつけもした。加奈子をシャブ漬けにしたのは、実は俺なんだ。そうでもしなけりゃあ、あいつは戸塚を諦めなかったからな。監禁して、シャブ漬けにして、やっと戸塚を諦めさせた。酷い男だと思うだろうが、どんなことをしてもあいつを手に入れたかった……鬼だな、まるで。だが、俺は後悔はしていない。その代わり、罰を受けても仕方がないと思っている。地獄行きも覚悟は出来ている。それだけの良い思いをさせてもらったんだ、悔いは無い。だから、戸塚が俺を恨むのは当然だな。戸塚も加奈子も、俺たち三人は仲の良いガキだったんだから。俺がそいつをぶっ壊した。まぁ、あんたが、俺を悪党だと言うのは当然だし、いや、悪党以上のヤクザだと言われても仕方がない」

と言って江満は笑った。

「……酷い……人……」

「ああ、そうだ、これがヤクザだ。世の中にはな、良いヤクザなんて一人もいねぇ」

そう言って江満は揺れながら消えていく煙草の煙を目で追った。

十

ソープで篠原真希と会った日から三日間、江満はほとんど部屋から出ず、ただ酒ばかりを飲んで過ごした。日中は松井、吉田、竹田の三人のうち誰か二人が部屋に詰め、夜間は交代で誰か一人が泊まり込みで警護に当たった。ただ、江満ものんびりと酒だけ飲んで寝ていたわけではない。会ってはいなかったが、その間に竜二と光岡から何度か連絡があった。江満が『勝村組』のヒットマンらしい男に襲撃された件で、対『勝村組』との調整役だった『仙石組』に掛け合いに行った竜二の行動は、江満が予想出来なかった方向に向かっていたのだ。

「そんなはずはねえってとぼけられたが、とにかく『仙石組』で真相を調べてからどうするか決めることになった……ところが、俺が留守の間に話がおかしな方向に進んでましてね。うちのおやじが『大星会』の辰巳と縁組することになったんです……五分の兄弟盃ということだそうですわ。辰巳というのは、まあ、反会長派の、『大星会』ではナンバーツーの会長の船木さんに次ぐ力のある男ですが、そうなるとどうなるか……『笹の川』の『勝村組』は知ってのとおり『大星会』の二次団体ですから、辰巳の『東進《とうしん》組』が『大星会』から外れでもしないかぎり、『勝村組』とうちは縁戚になる……」

　この連絡では、電話の向こうで竜二が困惑しているのが江満には手に取るように分かった。刺客を送って寄越すとはいったいどういう了見だ、とかましに行った竜二が知らぬ間に、上の『三俠会』では二次団体とはいえ『大星会』系の組織との縁組を具体的に進めていたことになる。竜二は高木の子飼いの子分だ。その子飼いの子分に何も知らせずに事を運ぶなどということがありうるのか。これは傍《はた》から見ていてもおかしな話だった。この話を聞いた江満は、こう尋ねた。

「ということは、『笹の川』への侵攻はナシってことなんだな?」

「そういうことなら俺にも話は解る。だが、兄弟、どうも、そうじゃあなさそうなんだ」

と竜二は答えた。

「そいつは、いったいどういうことだ? わけが解らんな」

「この前話したから覚えていると思うが、『大星会』は現在一枚岩じゃあねぇんだ。八代目の船木さんと『東進組』の辰巳政治《まさはる》はかなり前から上手く行ってない。『大星会』の中には辰巳につくって組も結構あるようで、ひょっとすると分裂するかも知れない情勢なんですよ。で、おやじはこの辰巳と五分の兄弟分の盃事《さかずきごと》をするってわけです。もし『東進組』が『大星会』を離脱すりゃあ『大星会』を親とする『勝村組』は縁戚でも何でもなくなる。おやじは、だから、そこを読んでるんだと思う。こっちが『勝村組』と戦争になりゃあ、言ってみりゃあ代理戦争って形になるかも知れない。『東進組』に代わって『大星会』の枝の『勝村組』を『三俠会』で叩く、って形で『笹の川』という島を乗っ取る」

絵図は分かるが、はたしてそんな絵図が上手く行くか……。実際に分裂するかどうかも分からず、たとえ分かれても戦争回避に上の『新和平連合』が動くかも知れない。がたしたとはいえ、『新和平連合』は今でも東日本では断トツの巨大組織である。この『新和平連合』が乗り出したら、そいつに抵抗できる組織は日本に幾つも無い。そんなことぐらいは塀の中にいた江満でも解る。

「だから、兄弟は静観していてくれ。下手に動くととんでもない貧乏くじを引くことになる。おやじからまた何か言ってきても、ここんとこはのらりくらりでかわしてくれ、頼むぜ」

と竜二は江満に念を押した。

「心配するな。俺ももう若くねぇからな、そんな簡単に熱くなって引き受けたりはしねぇよ」

江満はそう答えて苦笑した。

もう一人、光岡からの連絡は戸塚貴一のことだった。竜二に命じられて光岡は警察のコネを使って戸塚の行方《ゆくえ》を追ったという。その光岡が言った。

「戸塚って男ですが、警視庁はとっくの昔に退官ですわ。その後の行方はさっぱりでしてね、実家に探りを入れてみましたが、そこにも長く寄り付いていねぇ。うちの会長と会った頃はどこかのクラブで用心棒みたいなことをしていたらしいですが、そのクラブはもうねぇんで」

「そいつはY市のクラブじゃあねぇのか？」

と訊き返す江満に、光岡は、

「いや、Y市の店じゃあないですね。そっちはとうに調べました。Y市のクラブは『アイリス』っていうんですが、ここから東京のクラブに移ったんです。移った先は新橋《しんばし》にあった『紫乃《しの》』って店なんですが、こいつももう潰れちまって無いんです……ところが、そこでひとつ面白い話が出てきましてね。『紫乃』ってのはなんと『市原《いちはら》組』の市原の店だったっていうんですよ」

そう説明されても江満にはまるでピンと来ない話だった。

「俺の説明が雑なんですね……すんません。『市原組』ってのはもう解散しちまってねえんですが、もとは『新和平連合』の枝で、組長の市原は当時会長代行だった品田才一の側近だった奴なんですわ。会長代行だった品田が殺られるまでは相当の羽振りだったんです。その市原の女がやっていたのが『紫乃』ってクラブで、戸塚ってのは、刑事だったか何だか知らんが、そのヤクザの店の用心棒をやってたって言うんです。こいつは出来過ぎの話でしょう？　刑事が、なんとヤクザの店の用心棒だなんてね」

この話を聞き、江満は苦笑した。何があって警視庁を辞めたか理解出来なかったが、ヤクザの下であの戸塚が働くはずがなかった。戸塚はヤクザ者をこの世の何よりも嫌っているのだ。戸塚はクラブ『紫乃』がヤクザの経営する店だということを知らなかったのだろうか。

「そいつはガセだな。おまえ、どこからそのネタを拾った？　警察のコネか？」

江満の問い掛けに、光岡は違うと答えた。

「いや、違います、しっかり裏を取りましたよ。当時『紫乃』のマネージャーをやっていた窪田《くぼた》って男がいましてね。こいつは今はクラブ『紫乃』があった同じビルの中にある別のクラブで働いているんですが、そいつから戸塚の情報を取ったんです。そいつのところにうちの若い者を行かせて当時の事情を聞いたんですがね、ここでも面白い話が飛び出した。窪田から聞いた話ですが、黒服だった戸塚って野郎は、ここで四国から来たっていうヤクザ者を叩きのめしたんだそうです。それも三人……」

光岡の話はたしかに驚くほどのものだった。

「四国の高松《たかまつ》あたりから東京に行ったヤクザってのは、まんざら知らない男でもないんですよ。わしも会ったことのある男でしてね、広島刑務所に懲役食らってた時の同房でして、高松出のヤクザで皆藤《かいとう》って奴なんですが、どうして半端な野郎じゃあないんですよ。田舎ヤクザには違いないが、腕っぷしも度胸《どきょう》もそこそこある、そこらのチンピラじゃあない男なんだ。そいつがその『紫乃』ってクラブに出かけて、そこで酷い目に遭わされたって言うんです」

「三人もいて、戸塚にやられたのか？」

にわかには信じられず、江満は笑って訊き返した。

「ええ、そういうことです。まあ、刑事だって言うんですから、腕に多少は自信があるんでしょうが、他の二人は知らんですが、皆藤はステゴロじゃあ相当の野郎なんです。それじゃあ格好がつかねぇっていうんで、お礼参りに行こうと思ったらしいんですが、調べたら、そこがあの『市原組』の店だって分かって諦めたってオチでして」

と光岡は笑った。

「本当に、そいつが戸塚だってことに間違いはないのか？」

「間違いはないですね」

「で、それから戸塚はどうなったんだ？　店が無くなるまでそこで働いていたのか？」

「いや、市原が殺られて店が潰れるよりずっと前に辞めたそうです。もっとも後腐れを警戒してでしょうが、辞めてどこに行ったか、そいつは窪田も知らなかったようです」

と光岡は言った。

勤めていたのは真希から聞いたY市のクラブ『アイリス』と新橋の『紫乃』。真希と会った翌日に江満はその『アイリス』という店を吉田に調べさせたが、『紫乃』と同じようにこちらもすでに無くなっていたのだった。

いったい警察を辞めて、戸塚は何故クラブのバーテンや用心棒などになったのだろうか？　警視庁の刑事という職歴は、京大卒という学歴と共に相当に価値あるものだ。その職歴ならクラブのバーテンなんかにならなくても良い就職口はいくらでもあっただろう。しかも『アイリス』は東京ではなく、Y市のクラブだ。

無理やりといっていい推測をすれば、Y市のクラブを選んだのは、まあ、分からないではない。たぶん動機は加奈子の近くにいたいと思ったからだろう。それで警察を辞めたのか？　ただ加奈子の近くにいたいという理由だけで、それまでのキャリアを捨ててバーテンなんかになったのだろうか？

馬鹿げていると思う反面、加奈子のためだったらあいつは何でもする、とも思った。刑事になった後も、執念深く俺を付け回していた戸塚ではないか。そもそも何で刑事なんかになったのだろうか？　それもすべて加奈子を俺に盗《と》られた復讐心《ふくしゆう》……。狂気に近い復讐心……。

江満はこの光岡からの報告で、改めて戸塚貴一という男の存在がしこりのように頭の中に残っていることに気づかされた。頭に浮かぶのは奴がまだ大学に入ったばかりの青年の顔だった。その顔が狂乱に変わっていた。何日も寝ずに加奈子の行方を追い求め、加奈子を盗んだのが俺だと知って悲痛の目で殴り掛かって来た戸塚……。

だが……狂気を宿したのは奴だけじゃあなかった。小学校からのマブダチだった戸塚を裏切って強引に加奈子を手に入れた俺のほうが先に気が狂っていたのだ。加奈子の人生を破壊し、そして戸塚貴一という若者の人生を狂わせたのはこの俺ではなかったか。怖いものなどこの世にいないと生きてきたが、それは嘘だった。狂気を宿す戸塚の目の色は怖ろしい……。

結論として、戸塚は消えた。加奈子の死とともに奴は消えた。会いたいとは思わなかった。出来ることなら二度と会いたくない、とも江満は思った。

四日目、江満はまた『三俠会』の若頭の林健一から呼び出しを受けた。

「至急こっちに来てくれや」

と林は言った。

「何です？　また『笹の川』の件ですか？」

と訊き返す江満に、

「とにかく、すぐこっちに来い。おまえに渡さんとならん大切な物が届いてるんや。うだうだ言わんで急いで来てくれ」

居丈高《いたけだか》なあの林にすれば意外に丁寧《ていねい》な言葉遣いだった。この電話を受けた江満はすぐ竜二に連絡を取った。

「竜二か。今、林から電話を受けた。本家に来いと言われたが……」

皆まで聞かずに竜二が言った。

「知っている、俺も呼ばれた」

「いったい何の用か、おまえは知らんのか？」

「知らん」

「また『笹の川』の件か？」

「どうかな。それは無いと思う。『仙石組』からの返事はまだ来てないしな。俺は本家に断って『仙石組』の由良さんに会いに行ったんだ。由良さんの立場を考えたらおやじだってまだ『笹の川』を攻めろ、とは言わんと思う。たとえ絵図は描いていてもな」

と竜二は答えた。

「わかった。仕方がないから今から本家に向かう」

「用心してくれ」

「大丈夫だ、高木のおやじに何を言われても生返事で通す」

「それでいい」

と竜二は笑い、

「だが、兄弟、俺が用心しろ、と言ったのは『笹の川』のことじゃあない。必ず松井たちを連れて行け、ということだ。ハジキを持たせてな。『仙石組』からの返事がはっきりするまでは用心を忘れんでくれ、頼むぜ」

「わかった、わかった」と江満はテーブルの上で埃《ほこり》をかぶっている拳銃に目をやった。

十一

江満はテーブルの上の骨壺をただ見つめていた。骨壺は白い素焼きの粗末な壺で、中には砕けたこれも白い骨片が八分ほど入っている。兄の江満一生の骨だ。小柄な兄だから骨も少ないのか、と江満はぼんやりと向かいの林が話す言葉を聴いていた。

『三俠会』の会長室には、江満と並ぶ竜二、向かいの椅子に会長の高木と若頭の林以外には誰もいない。

「……フィリピンに大人しく居てくれりゃあこういうことにはならんで済んだんや。ソウルには『大星会』や『新和平連合』と関係のある組織があるんやさかいな。『勝村組』か『大星会』から鉄砲玉放たれても仕方ないやろ……油断やな、油断」

林の言葉から『勝村組』の名が出ると、隣に座る竜二が耐えかねたように口を開いた。

「だが、頭、『仙石組』の由良さんのところからは、『勝村組』も『大星会』もこの件に関しては手打ちを守って何もしてねぇって、そう言って来てるんです。おかしいじゃあないですか」

目を剝《む》いて林が言った。

「阿呆か、ボケ！　てめぇは、由良なんかの言葉を信じとるんか、え？　現に江満の組長が殺られちまっとるんや！　それやったら、いったい何処《どこ》のどいつが鉄砲玉放つって言うんや？　そいつをやったところがあるって思うんやったら言うてみい！」

林の隣に座り目を閉じて林の話を聴いていた高木が言った。

「まあ、林、癇癪《かんしゃく》を起こすな……」

と竜二に目を向け、

「……だがな、竜二よ、由良の立場からすればだ、考えてみろ。そいつは『勝村組』のはねっかえりがやりました、とは口が裂けても言わんだろうが。そんなこと言ったら立場が無くなるわ。それにだ、仲裁役だっていっても、由良んとこにしてみりゃあ面倒くせぇ話だ。下手すりゃあどっちからも文句言ってくるんだぞ。由良の立場になって考えてみろ。つまらねぇ喧嘩に巻き込まれるのはごめんこうむる、ってことだろうが。それに、考えてみりゃあ解ることだが、『勝村組』だけじゃあソウルやマニラに網張ることは出来んぞ。動いたのはまず間違いなく『大星会』だろうよ。『大星会』なら、それくらいのことは出来るからな。ひょっとすると上の『新和平連合』が動いたってこともあるかも知れねぇ」

納得しかねるという口調で竜二が食い下がる。

「『新和平連合』が動いたって、そういう証拠があるんですか？　たかが『笹の川』って田舎の喧嘩ですよ。そんなケチな喧嘩にあんな大組織の『新和平連合』が出て来るってのがそもそもおかしいでしょう」

高木がため息をつき、苦笑いで言った。

「証拠だぁ？　おまえは林の言うとおりだな。ちっと頭が緩いんじゃあねぇか？　もうちっと頭働かせろ。どこがやったにしろ、証拠なんか残すはずがなかろうがよ。こいつは制裁だって告知してぇんなら別だが、由良んとこが手打ちの仲裁やったんだ。『勝村組』や『大星会』が証拠なんか残すわけがねぇだろうが」

「ですが……知ってのとおり『笹の川』の『勝村組』なんてのは大した組でもなんでもないでしょう。『大星会』なんてでかい組織が本気になって出てくるとは俺には思えねぇ。第一、あそこの勝村は怪我こそしたが、死んじゃあいねぇんですよ」

高木が真顔になって言った。

「おまえも分からねぇ野郎だな。あっちはな、手打ちの後で気が変わったのよ。たしかに最初はしけた喧嘩だと思っていたかも知れねぇが、こっちがどんな組か知ったら気が変わったってことじゃあねぇか？　なあ、林」

林が頷いて言った。

「会長の言うとおりや。竜二、おまえは絵図が読めねぇのか？　きっかけだよ、きっかけ。田舎の喧嘩だろうが、要はきっかけさえありゃあ後はどうだっていいってことだろうが。いいか、よう聞け。ここまで来たらな、『勝村組』なんかどうでもええんじゃ。今、『大星会』が狙っとるんは、ここや。ターゲットは俺たちの島や。おまえら、そんなことも解らんのか、え？」

高木も竜二を睨みつけて言った。

「おまえはそこまでとろいのか？　いつから呆《ぼ》けた？　あぁ？　まったくどうしようもねぇな……辰夫もよく聴け。おまえは刑務所にいて今の業界の様子が分からねぇかも知れんがな、このY市でこれまで島守って来られたのがどうしてだか分かっているのか？　たしかにY市の最大の組はこの『三俠会』だ。この二十年、縄張りは増えこそしたがどこにも取られちゃあいねぇ。何故だか分かるか？　おまえの兄貴が体張ってきたからだって言いたいかも知れんがな、そんなことじゃあ縄張りは守れんのよ。どこからも侵《おか》されんで済んできたのは、バランスだ。いろんなところと縁組してきたから縄張りを守ってこられた。五分の盃が出来る相手でも、六四の盃で我慢して縁組をやってきた。おまえも今のY市を見てみりゃあ分かるだろう。全国のよ、名のある組がみんな看板出してるのがY市だ。だが、知ってのとおり、このY市ででかい抗争は起きねぇ。俺たちの『三俠会』が仕切っているから喧嘩は起きねぇ。理由は今言ったとおりよ。バランスを考えて、縁組をやってきたからでな、喧嘩が怖くて手を出してこねぇわけじゃあねぇんだ。今度、俺は『大星会』の辰巳と縁組することになった。この意味が、おまえらには分かっているのか？　今のところ、こいつを知っているのはうちの幹部だけだがな。こっちだけじゃあねぇ、『大星会』でも知っているのはまだほんの僅かしかいねぇ。今、オープンにすりゃあ会長の船木が出て来る。船木がうちと辰巳の縁組を喜ぶはずがねぇからな。理由は、船木の外道《げどう》がうちの島を狙っているからだ。さっきも言ったが、このＹ市は東京みてぇなもんでほとんどの組が進出してるが、不思議なことに『新和平連合』系列の組は一つもねぇ。やつらが進出して来なかった理由はおまえらも知っているだろう。関西との取り決めで、『新和平連合』はＹ市への進出は止めたんだ。そして条件として関西も進出を止めた。これもバランスよ。こいつを読んで俺たちは縄張りを拡げた。まあ、綱渡りだな。この綱渡りをやってきたのは、おまえらも分かっていると思うが山下のおやじじゃあねぇ、この俺だ。悪く言うつもりはねぇが、おやじにはバランス考えて会を運営する器量はねぇ。問題はな、このところ、このバランスがおかしくなったってことだ。原因は、『笹の川』の一件で『大星会』がＹ市に目をつけたからだ。それまであいつらは『三俠会』がここまででかくなっていることを知らなかったわけだ。地方都市のしけた組だと思い込んでいたら、実は違った、ってことだろう。Ｙ市最大の組だと知って、たぶんいろんなことを調べたんだろうよ。単なる地方都市じゃあねぇ、でかい利権がある都市だって気づいたってことだな。だからいったん手打ちをやっておいて俺たちを油断させ、そこで新たな進出の名分を作って攻める……これがあの会長船木の絵図だ。それだけじゃあねぇ。ひょっとしたら絵図は船木だけが描いたもんじゃあねぇかも知れねぇ。『新和平連合』のどこかが一丁乗っかっているかも知れねぇ。こいつが読めたから、こっちは辰巳に食い込んだ。竜二にこれまでの手打ちについて動かしてきたのは、俺の動きを船木らに知られたくないためだ。そこまで考えて、俺はおまえを使った。そうじゃなければ、これまで通りに林にやらせていた」

ここまで言うと高木は初めて鋭い目で竜二を睨みすえた。

「竜二よ。さっき林が言ったことにてめぇは不満顔していたな。だが、林の言うとおりだと俺も思った。おまえは絵図が読めねぇ。いつからおまえは鈍《にぶ》くなったんだ？『一興会』を任せたのは俺の眼鏡《めがね》違いだとてめぇは言わせてぇのか？　俺のやって来たことをてめぇにいちいち説明しろってことか？　ああ？　細かく教えてやらねぇと、てめぇは理解出来ねぇってことか？　おまえに『一興会』を任せたのは、どうやら俺の失策だったようだな。よし、おまえは『一興会』を辞めろ。『一興会』はこの林に任す。分かったか、てめぇはしばらく謹慎してろ」

林が苦笑して執り成すように高木に言った。

「まあ、まあ、会長、そこまで言うことはないでしょう。竜二かて解ってますがな」

「解ってるってか？　いや、この野郎は解ってなんかいねぇな。てめぇが何でも出来るって勘違いしてやがる。いちいち言って聞かせてやらねぇとわかりゃあしねぇ。いいか、おまえら」

と竜二と江満に向き直って続けた。

「よく聞け。間違えちゃあならんのは、『大星会』が総出でここに進出目論《もくろ》んでるんじゃあねぇってことだ」

「どういうことです？」

訳が分からぬ高木の言葉に、竜二が思わず訊き返す。

「馬鹿には丁寧に説明してやらんと分からんか……おまえたちは知らんのだろうが、あの『大星会』も今はバラバラだってことだ。昔みてぇな一枚岩じゃあねぇってことだよ。今、林が言ったとおり、喧嘩をでかくしてこのY市に出て来ようってのは会長の船木の思惑だ。だからたぶん俺と辰巳の縁組を知って、慌てたんだろうよ。何とか名分作って進出しようって時に、俺が辰巳と縁組だ。そうなったら因縁《いんねん》のつけようもねぇ。だから、事を面倒にした……これが奴らの絵図だ。可哀想に、だから辰夫、おまえの兄貴はその餌食《えじき》にされたのよ。奴らは、だから今はこっちの出方を窺《うかが》っているってところだろう」

事情を詳しく知っているのか、林が代わって続けた。

「会長が話しとるのはな、おかしなことが始まっても、動くのは『大星会』の一部で、辰巳の『東進組』や他の組はそう簡単には動かんということよ。船木について行くのはほんの僅かの組だけや」

「じゃあ、何かあっても上の『新和平連合』は動かんのですか？　『新和平連合』は辰巳さんのところの『東進組』をどう思っているんです？」

と突っ込む竜二に、高木は笑みを見せて答えた。

「船木がはねかえっても、まず『新和平連合』は動かんよ。今の『新和平連合』の会長はな、おまえも知っていると思うが『橘組』の組長補佐だった佐伯光三郎だ。本来ならよ、『新和平連合』の会長には死んだ『形勝会』の武田がなるはずだった。その武田が殺られて、面倒なことになってな、『玉城組《たまき》』の杉田ってのが跡目にってところで、こいつも殺られちまった。言ってみりゃあ、佐伯は棚からぼたもちで会長に座った。だから『新和平連合』にはこいつを面白く思ってねぇ連中がわんさといる。たとえば、会長になる寸前で殺されちまった武田の子分だ。武田の『形勝会』は『新和平連合』じゃあ最大の組だからな。会長を殺されちまった『形勝会』にしてみりゃあ、どさくさに紛れて会長になっちまった佐伯なんて、本来眼中にねぇ」

竜二が訊いた。

「じゃあ今の『形勝会』の跡目は誰が継いだんですか？」

これには林が答えた。

「そいつは国原慎一《くにはらしんいち》よ。国原ってのは知ってるやろ？」

「名前だけは。だが、頭、国原ってのは武田会長と一緒の車に乗っていて死んだんじゃあないんですか？」

「国原は死んじゃあおらんわ、生きてるがな。ただ、手足、爆弾で吹き飛ばされちまって今は車椅子や」

高木が割って入った。

「その国原だ。林が言ったとおり、この国原が『新和平連合』じゃあ台風の目よ。どさくさで佐伯が跡目継いだが、本来なら国原が上だ。長い入院生活があったから佐伯なんてのが会長になっちまったが、まともに行けば会長席は国原で決まりだったのよ。まあ、要するに『大星会』も『新和平連合』も跡目のことで現在ぎくしゃくしてる。どっちも会長の一声で動くような組織じゃあねぇってことだ。そしてな、ここが肝心のところだが、俺が縁組する『東進組』の辰巳とこの国原は、義兄弟の盃交わしてるんだ。四分六分のな。もちろん国原が六分で辰巳は四分だがな」

江満は骨壺からうっすら笑みを見せる高木に視線を戻した。江満にすれば、竜二と高木のやり取りなどどうでもよかった。ぽつんとテーブルに蓋《ふた》を開けられたままの骨壺が哀れだった。

「頭……」

「何や？」

と向き直る林に、江満は訊いた。

「話は変わりますが……兄貴の、この遺骨は、誰が届けてくれたんですか？」

不快気な顔になる高木をちらりと見て、林が答えた。

「ああ、遺骨のことかい。誰も届けちゃあくれんがな。知らせ受けて、わしがソウルまで行って来たんや。本来なら、この竜二に行かせるところやったが、こいつは役にも立たねぇ仙石んとこに行っとったさかいな」

「何から何までお世話になったわけですね、申し訳ないです。ところで、ソウルでのことですが、殺られた時の状況は、分かっているんですか？」

「ああ、聞いてきた。おまえの兄貴と一緒に飲んどった崔《チェ》って男にな。崔はわしの友達でな、こいつは江満を逃がす時にも世話になった男やが。ソウルじゃあ五指に入るヤクザもんよ。江満の組長は、この崔を頼ってマニラからソウルに出て来たと聞いとるがな」

「フィリピンから兄貴は一人でソウルに出て来たんですか？」

「どういう意味や？」

「いや……兄貴にはいつも熊谷ってのがガードに付いていたはずなんで」

「ああ、ガードかい……そいつも一緒におったそうや。だがよ、撃たれたのは江満だけで、崔もそのガードも無事やったと聞いたで。もっともそのガード、熊谷っていうたか、そいつはどさくさに紛れて逃げちまって行方は分からんと言うとったがな。詳しゅう言うと、江満の組長を撃った野郎やが、そいつは日本人やったそうや。逃げる時に日本語で何か叫んでいたらしい。まあ、そういうことや」

高木がおもむろに口を開いた。

「さて、そこでだ。葬式はおまえが仕切ればいいが、その後だ。それからどうする？　兄貴を殺られて黙っているわけにもいくまい」

竜二が慌てて言った。

「待ってくれませんか。ソウルで江満の兄貴を襲ったヒットマンですが、さっき言ったように、そいつを送り込んだのが『勝村組』だって証拠はまだ無いんでしょう」

林が膝を乗り出して怒鳴った。

「てめぇはまだそんな寝言言うとるんか！　ボケ！　江満を殺して得する組が他にあるのんか？　あるなら言うてみい！　わしらに対する挑発に決まっとるやろうが！

ど阿呆！」

竜二は林のこの剣幕に顔を伏せた。江満にも反論出来るものは無かった。敵は多いが、ソウルまで鉄砲玉を放ってくる組があるとは、やはり思えなかった。

高木が言った。

「どうする、辰夫？　このまま放っておくのか？」

「……いや……形は……つけます」

「言うのは簡単だがな、どうやって形をつける？　おまえ一人じゃあどうにもならねえだろうが」

と高木が続けた。

「林にも言ってあるが、おまえが動くんなら、バックアップはこっちがする。ただし、それには、いろいろお膳立てが要る。とにかく今聞いておきたいのは、辰夫、おまえの腹だ。本当に江満の仇《かたき》取るって言うんなら、俺が力になる」

「有難うございます、やる時は俺一人でやりますから」

江満は骨壺を見つめたままテーブルに両手を突いた。そこでまた林が喚《わめ》いた。

「やる時は一人で、ってのは何や、コラ！　おい、本気でやるのんか、しゃっきりせんかい！　やるならやるで、わしらにもやっておかなきゃならんことが山ほどあるんや。てめぇ一人で『笹の川』に乗り込んだかて、大したことは出来へんねやぞ、ど阿呆が！　てめぇはちっとも分かってねぇ、おまえが何かやりゃあ、向こうはわしらが戦争始めたってことになるんや。てめぇ一人の問題じゃあねぇんだよ。そこらのことを考えてきちっと返事せんかい、ボケ！」

隣で竜二がどう江満が答えるのかはらはらして見つめていることが江満には分かった。

「分かってます、頭。やる時はもちろん……」

高木がため息混じりに苦笑して言った。

「辰夫、おまえ、長い刑務所暮らしで変わっちまったようだな。ここに居《お》るのが兄貴の一生だったら、今のおまえみてぇな煮え切らんことは言わねぇんじゃあねぇか？　四の五の言わんで一生なら直ぐ動く。牙抜かれたヤクザなんて一文の価値もねぇ。どうだ、辰夫、おまえ、カタギにならんか。そのほうがいいかも知れねぇな。さあ、一生の骨持って行け。カタギになりますって言っても、駄目だ、なんてことは言わねぇからよ」

江満は薄ら笑いの高木と隣の林の顔を見た。林がわざとらしくため息をついて言った。

「会長の言うとおりや。おまえ、極道は辞めろ。兄貴の命取られて、うだうだ言うとる野郎はうちじゃあ要らんわい」

今度は江満が笑みを見せて答えた。

「いや、殺りますよ。俺が考えていたのはたった一つのことだけです。何とか『三俠会』と『一興会』に迷惑かけずに俺一人でやれねぇかって考えていただけですから。俺は、縄張りも要らないし、組を持てなくても構わんのです。ただ、兄貴の仇だけは取りますよ。ヤクザは辞めてもいいですが、そいつは勝村の命取った後にして欲しい」

この江満の返答に高木は満面の笑みに戻った。

「おお、そうかい、決心がついたか……」

「決心は娑婆に戻った時からついています。俺のことはどうでもいいですから、その代わり、うちの松井たちのことをよろしく頼みます」

隣の竜二が困惑の声で言った。

「兄弟……そいつは俺が引き受けたが……一人で『笹の川』に乗り込むってのは無理だ……」

高木が続けた。

「そうよ、辰夫。おまえの気持ちは分かったが、一人で事を運ぶのは、さっき林が言ったように駄目だ。おまえが何かやれば、そいつはこの俺のところが動いた、ってことにどのみちなるんだ。林が言ったようによ、おまえ一人の報復ってことで話が収まる段階じゃあねえんだ。そこんところをよく考えろ」

林が凄んだ。

「てめぇは俺が言ったことをきちんと聞いていたのか、ボケ！　もうてめぇ一人で戦争出来るって段階じゃあねぇんだよ。『笹の川』に勝手に攻め込まれたら、こっちが困るんや！」

いったんそこで口を閉ざした林が隣の高木に訊いた。

「いいですかね、会長？」

高木が頷くと、林が続けた。

「いいか、おまえら、よう聞けや。ここからは、まだうちの幹部も知らんことやからな。口外無用。『笹の川』に攻め込むのんは、いいか、辰巳が船木を殺る時や」

愕然《がくぜん》とした思いは江満だけでなく隣の竜二も同じだったのだろう。顔面を引き攣らせた竜二が林に食ってかかるように言った。

「頭、そいつはいったいどういう意味ですか？　『東進組』が船木会長の命取るっていうんですか?」

「ああ、そうよ。それだけやない」

高木が面白そうに言った。

「それだけじゃあねぇんだよ、その上の『新和平連合』にも同じようなことが起きる」

「『新和平連合』に?」

驚く竜二に高木が頷く。

「そういうことだ。『形勝会』も同時に動く」

林が代わって話を続けた。

「国原も同時に動くんや、ボケ。辰巳が会長の船木の命取ったらすぐ『形勝会』も『新和平連合』会長の佐伯の命を取る。これが、うちの会長が描いた絵図や。そしてこいつはすでに辰巳のところとも、その上の『形勝会』とも話がついとる。どや、分かったか? そやから、辰夫よ、おのれ一人が意気がって『笹の川』に乗り込まれても、こっちが困るんや。動く時は全部同じタイミングやなきゃあならん。てめぇ一人でいい格好は出来んのよ、分かったか、このボケ」

竜二が高木に問い質《ただ》した。

「……このことは……山下のおやじさんも知っているんですか？」

「馬鹿野郎。隠居のじいさんが知ってるわけがねぇだろうが。知っているのはまだここにいる四人だけだからな……辰夫よ」

と高木が江満に向き直った。

「おまえには組を新しく作ってやる。その金も用意してやる。準備が出来たら林の指示で『笹の川』に乗り込め。乗り込むのは、それほど待つことはねぇ。『笹の川』にはもう話をつけてあるのが何人か居る。『麻生《あそう》土建』の社長と市会議員の浜田《はまだ》ってのに向こうで会え。詳しい段取りはいずれ林が教える。そして竜二だ……」

竜二に目を据えた高木が続けた。

「竜二、おまえは林の言うとおりに動け。さっき『一興会』の会長を辞めろと言ったのは冗談じゃあねぇぞ。身分は、俺の預かりだ。この通達は明日にも出す。そいつが済んだら、まず辰巳に会え。その後、おまえは辰巳の指示で動く。いいか、『大星会』の会長の船木を殺るのは、たぶんおまえのところの仕事になる。実行部隊をおまえのところで引き受けるんだ。辰巳のところの者が動くのが難しい場合だが、こいつはこっちでやっておいたほうが後で利がある。今日、おまえらを呼んだのはその為でな。船木を殺って辰巳が『大星会』の会長に収まれば、うちは『大星会』ではなく、その上の『新和平連合』の傘下に入る。二次団体だが、『新和平連合』では『形勝会』に次ぐ組になる。こいつは辰巳のほうから『形勝会』の国原にもう話が行っている。だからさっきから言っているように、こいつは江満一生の弔《とむら》い合戦なんて小さいことじゃあねぇ、日本の極道社会で、相当の改変になる。分かるか？　この『三俠会』はな、Y市だけじゃあねぇ、東京にも出て行くし、『新和平連合』の組織をいくらでも利用出来るようになるんだ。東日本のヤクザ地図が、これで大きく変わる。山下のおやじなんかには出来ん絵図よ。俺は、Y市のヤクザで終わる気はないんでな」

項垂れて「解りました」と答える竜二を満足げに見た高木が今度は江満に言った。

「ということで、辰夫よ、おまえもしっかり腹をくれ。六年も臭い飯を食ってきたなら、その六年を取り返すくらいの根性を見せろ。まずは俺の指示を待って、『笹の川』にシマを作れ。解ったな、そいつがおまえがでかくなる足がかりだ。後はこの林の指示に従え。どうやって『笹の川』に攻め込むかは、後で林から連絡させる。江満一生の名に恥かかすような真似をするんじゃあねぇぞ。こいつはおまえの器量が掛かっている仕事だ。カタギになるのは白髪頭になってから考えろ」

江満は、

「分かりました、会長の言葉通りにやらせてもらいます」

と骨壺の蓋を閉じた。

木箱も無く、ただ風呂敷に包んだだけの骨壺を抱き『三俠会』本部のビルを出ると、前に立つ竜二が振り返って言った。

「……兄弟……遠くて悪いが、ちょっとうちの事務所に寄ってもらえるか？」

江満は竜二がそう言うと思っていた。事は江満が『笹の川』へ乗り込む話から大きく逸脱している。話がおかしな方向に進み、何と竜二は高木から『一興会』会長の椅子を外されたのだ。これがいったい何を意味するのか、江満にはまだ情勢が読めていなかった。

車に乗り込むと、隣に座った竜二が言った。

「……葬儀は、いつやる？」

「すべての形がついてからだ」

と江満は答え、竜二を見やった。『一興会』の会長の座を明け渡せ、と言われたのに竜二に動揺は見えなかった。

「俺が何かチョンボをしたんでなければいいが……」

そう言う江満に、

「そんなことはない。おやじのことなら、あれは既定路線だ」

と竜二は煙草を取り出しながら笑って答えた。

「前から何か言われていたのか？」

「いや、何も聞かされてなかったがな。こんなことになるのかな、とは思っていた」


Y市最大の繁華街はJRY駅があるY市北部で、ここが高木が率いる『三俠会』本部の島だ。竜二の『一興会』はY市ではなく、O市南部の港湾エリアを島とする。『三俠会』本部から南の『一興会』の事務所までは車で小一時間ほど掛かる。

護衛のクラウン二台が江満と竜二を乗せたベンツを前後で挟むようにして『一興会』の事務所まで走る間、江満と竜二は一言も口を利かずにいた。高木に口外無用と念を押された手前、護衛の子分たちに聞かせられる話ではなかったからだ。煙草を勧め、竜二が微かにため息をつくのが江満には分かった。

『一興会』の事務所に着いた。『三俠会』の事務所とは違い、古臭いビルの『一興会』の本部は江満の記憶通りのものだった。広い部屋の壁には山下のおやじさんの写真と高木の写真が並べて飾られている。額にはでかでかと筆で書かれた〝任俠道〟の文字。任俠という字の欠片《かけら》も無い写真の二人に苦笑し、竜二に促されて会長室に入った。

竜二は組員たちに誰も入るな、と告げ、江満に座ってくれ、と言うと、部屋の奥にある飾り棚からグラスと日本酒の一升瓶を取り出した。江満は竜二が普段酒は日本酒しか飲まないことを思い出し、グラスで冷酒を受けた。

「もし高木のおやじの言うことがマジだったらだが、えらいことになったな」

江満はグラスの酒を一口含んで言った。

「あれはブラフじゃあねぇよ。さっきも言ったが、以前から考えていたことだと思う。それより兄弟の『笹の川』のほうだ、俺にはこっちのほうがずっと気にかかる」

と竜二はグラスを一気に空けて答えた。

『笹の川』へ乗り込んで勝村常次郎の命を取ることを、江満はそれほど難しく考えてはいない。だが、高木が竜二に命じた話は『笹の川』に侵攻することなど比較にならないほどやばい仕事だ。向こうの二次団体の『東進組』が付いていると言っても、それは何の保険にもならないだろう。江満は『東進組』の実力を知らなかったし、組長の辰巳政治という男のことも知らない。しかも、そんな危険な仕事を何で一の子分だった竜二にやらせるのか、江満にはそんな高木の腹が読めなかった。

「『笹の川』のことは心配いらんよ。組は作るが、高木の言うとおりにはやらん。それよりおまえのことだ、あの林の下に付けと、高木はいったい何を考えているのか、俺にはさっぱり解らん。逆なら解るがな」

「縁戚だからな」

「縁戚ってのは何だ？」

「林は、姐さんの兄弟よ」

高木の女房はどんな女だったか……。高木の家に呼ばれたことの無い江満には姐といわれる女に関してさほどの知識がなかった。知っているのは林が関西から来たということだけだ。

「そいつは、血なんか繋がっていねぇってことだろうが」

竜二は苦い笑みになった。

「おやじは寝技が得意だってみんなに言われているが、絵図はその姐さんがほとんど描く。大した女でな」

「それじゃあ今度の絵図も、その女が描いたってことか」

「たぶんな」

江満のグラスに新たに酒を満たす竜二に、江満はたまらず言った。

「何とかしろ、竜二。このまま行ったら……おまえ、死ぬぞ」

「兄弟と同じよ、こっちもおやじの言いなりにはならねぇ。魂胆は見えているからな」

「何か考えてることがあるのか？」

「まあな。今のおやじのやり方に不満があるのは俺だけじゃあない。けっこう腹に据えかねているところもあるんだ」

江満は山下の屋敷を訪ねた時のことを思い出した。江満の先客は『国分組』二代目組長の姿だった。戸山克己……あの男もやはり不満分子か？

そのことを話すと竜二が頷いた。

「ああ、戸山の親分も高木のおやじを嫌っているな。もっとも、だからと言って俺と近しいってことでもないんだが。それにしても、この時期山下のおやじさんのところに行くってのもおかしな話だ。今の山下のおやじさんには高木会長に刃向かえるな力はないからな。国分の親分と組んでも、まあ、何も出来ない」

「おまえが反旗を翻《ひるがえ》したらどうだ？　どれくらいの連中がついてくる？」

「『嶋津組』、『松野《まつの》組』、『菅原《すがわら》組』、そんなところかな。口ではブーブー言ってるのが多いが、甘い読みは出来んから。間違いないのは、この三つだ」

名が出た三つの組は、『国分組』とは違い、江満の記憶ではどこも組員十人ほどの小さな枝だった。反旗を翻すなら、今の『一興会』が一団となって竜二に付かなければならない。

「……それより……ごたごたしてたら、江満の組長の葬式も出来んな」

とテーブルの上にぽつんと置かれた風呂敷包みの骨壺に視線を移した竜二が言った。

「葬儀は何時《いっ》でも出来る。その前に……」

「その前に何だ？」

「ソウルに行ってみようかと思っている」

「ソウル？　何でだ、兄弟？」

「どんな状況で殺られたか、そいつを現場にいた奴に聞いてみたい」

「頭の林の言うことに、何かおかしな点があったのか？」

「いや、具体的には何もない。ただ一つ、熊谷のことが気になる」

「熊谷？」

「覚えてねぇか？　ほら、兄貴のガードをしていた奴だ。知恵は回らないが、一途な男でな。奴が兄貴が殺されるのを見て逃げるはずがねぇんだ。林の説明では、その熊谷が泡を食って逃げ出したことになっている。逃げたんなら、どこかにいるはずだろう。ソウルに行けば、何か情報が拾えるかも知れんからな。おまえは、ソウルの出来事はよく知らんのだろう？」

竜二は首を縦に振った。

「ソウルの一件に関しては兄弟と同じでな、何も聞いてねぇんだ」

「じゃあ、崔って男は知っているか？　現場にいたって男だ」

竜二が頷いた。

「二度会った。一度は組で韓国旅行をした時と、もう一度はそいつが日本に来た時だ。幹部が集まって崔ってのと飲んだ。ソウルじゃあ結構顔だって聞かされていたが……たしかに向こうに行った時は大した羽振りだった。日本語も達者でな、林とは兄弟盃の間柄だと言っていた」

「竜二に韓国の知り合いはいないのか？」

「いない。だが、光岡なら向こうにいくらか人脈がある。だから調べるなら光岡にやらせるが……そいつを知ったら林が黙っちゃあいねぇだろう。ここまで厄介かけていながら俺の顔に泥を塗るのか、ってな。兄弟が今あいつを敵に回しちゃあ駄目だ。林は、高木のおやじを今じゃあしっかり摑んでる。調べるのはいいが、今は時期が悪い」

竜二のアドバイスはもっともだと江満も思った。『三俠会』の実権は今では高木ではなく林が握っている気がした。

「で、兄弟のほうはこれからどうする？」

「高木のおやじからの指示を待てってことだろう。それから『笹の川』に乗り込む」

「何か手はねぇのか……」

「おまえが言ってくれたことは、忘れちゃあいねぇよ。高木のおやじに言われたからってのこのこ無防備に乗り込みゃぁしねぇ。こんなこともあろうかってな、実はもうテカを向こうに送り込んでいる。まず向こうがどんな状況か摑んでおかんとな。『勝村組』がどんな組か俺は知らんし、勝村を殺るにしても、その後どうするか、そいつも考えとかんとならんしな。それにな、竜二……」

「なんだ、兄弟？」

「高木のおやじや林も心配だが、勝村を殺れば俺も兄貴と同じ立場になる。一番に考えんとならんのは、警察だ。今度逮捕されりゃあ、六年の刑じゃあ済まねぇ。死刑にならなくても、十年も毎日尻の穴まで探られて暮らすのは楽しいことじゃあねぇしな」

と江満は笑ってグラスの日本酒を空けた。

十二

江満は不安顔の松井と吉田を霊園の事務所に残し、用意した花束を手桶《ておけ》に入れ、加奈子の墓のある十五区画へ徒歩で向かった。霊園は多摩《たま》の丘陵《きゅうりょう》に広々と広がってい て、事務員に教えられた墓までは坂を上らなければならなかった。水は水道がそれぞれの区画に引かれているという霊園事務所の説明があり、左手に提げた手桶に水は入っていない。

平日なので霊園内には来園者の姿は見えなかった。十五区画まではほとんどが上り坂で六分ほどもかかった。一区画にはどれも新しい墓石が三十ほど並んでいる。一つ一つ探していき、やっと見つけた加奈子の墓は区画の一番外れにあった。墓の背後はすぐに森林で、寂しい場所だ。

もっとも墓の前を無縁な人々が通り過ぎることもなく、喧騒が嫌いな加奈子にはむしろ似合った場所なのかも知れないと、江満は思った。この墓は戸塚が買ったものだとソープの篠原真希という女が教えてくれたが、安い買い物ではなかっただろう、と江満は比較的新しい周囲の墓石を見渡した。

戸塚が金持ちであったはずはない。刑事くらいではさほどの稼ぎにはならなかったはずだ。しかもあいつはその刑事も辞めていると、これは竜二から聞いている。しかも警察を退官してどうなったかといえば、クラブの黒服だったという。いったい大学出、それも京大まで出た男が、なんで黒服なんかになっていたのか……。

区画に並んでいる墓の周辺は森林から飛んで来た枯葉などで汚れていたが、加奈子の墓の周囲は綺麗に掃《は》き清められていた。最近誰かが訪れたということなのだろう。加奈子の墓石はいかにも新しい綺麗なものだった。墓には加奈子と彼女の母親の名が刻《きざ》まれている。

江満は自分の花束を花立てに差し、その脇の拳ほどの石の下に置かれている封書に気が付いた。風雨を気遣ってか、封書はビニールで覆《おお》われている。石を脇に置き、取り上げて宛名を見た。宛名は江満だった。ビニールを破り、封書から手紙を取り出して開いた。江満に苦い笑みが浮かんで消えた……。

(出所したらその足でここにやって来るのだろうと思っていたが……それどころの騒ぎではなかったということか。まあ、いい、所詮、加奈子の立場など君にとってはその程度のものだったということだろう。

時候の挨拶も書かなければ、元気かと尋ねもしない。だが、それでは愛想がないから書き出しはこうしよう。どうだ、娑婆の空気は。娑婆の空気は甘いかしょっぱいか、たぶんそのどちらでもないだろう。おそらく君にとってはおそろしく苦いはずだな。兄貴は死に、そして君がいた組はすでに消滅。だからといってカタギになれるはずもなく、さて、君はどうするか。結局のところ、あれほど憎んでいた上部組織の『三俠会』に頼るしか、たぶん君には選択の余地がないのだろう。組を再興したくとも、かつての子分は四散し、また彼らを呼び集めるほどの器量もない。泥棒の片棒を担いだヤクザを慕《した》う極道すらいないというのが現実だろう。そこで君は相変わらずしけたヤクザで生きていく。

さて、それでも君は思い出したようにこの加奈子の墓を訪ねて来た。何を思って合《がっ》掌《しょう》するのだ、と俺は訊きたい。死を悼《いた》む、という答えは君にはそぐわない。何故なら加奈子の死は唯一君が彼女に与えたものだろう。おそらく君が加奈子の人生を奪わなければ、加奈子は今も元気に生きていたはずだ。そう思ったことはないのか？　この際だ、歯に衣《きぬ》着せずに言おう。加奈子は、君が殺した。俺と一緒だったら、とは言わない。君に拉《ら》致《ち》され、シャブ漬けにされて監禁されるような目に遭わなければ、間違いなく加奈子は幸せな生活を今でも送っていたはずだ。たとえ俺と一緒になれなくとも。

君と最後に会った時のことを覚えているか？　そう、俺が君に殴り倒されたあの夜だ。君は俺にこう言ったな。「加奈子はもうおまえには会わねぇって言っている」と。そう、あの人があの時思っていたことは、たぶん嘘ではないのだろう。その点では君は嘘はついていなかったのだろう。

だが、それはあの人が君に陵辱《りょうじょく》されたことを恥じていたからだ。つまり彼女をそんな境遇に追い込んだのは君なのだ。監禁、陵辱、そして覚醒剤漬けにして逃亡を阻《そ》止《し》する……。

いまさらそいつを愚痴《ぐち》っても加奈子は生き返りはしない。要するに俺たちは君の暴力に負けたのだ。あの出来事で、俺は真理のようなものに気づいたよ。理不尽な暴力には正義を唱《とな》えても何の力も無いってな。まったくもって情けない真理だが、暴力には暴力で立ち向かうしか方策が無いことを、俺はあの夜で知ったのだ。

俺は好きだった野球を捨てた。君も知っているだろう？　他のスポーツは何一つ秀《ひい》でてはいなかったが、野球のボールだけはちょっとしたスピードで投げることが出来たから、俺は半《なか》ば真面目に野球で身を立てようかと考えていたんだ。まあ、大成はしなかっただろうが。それでも野球を捨てることは辛かった。君はその後の俺のことは知るまい。俺は野球を捨てた辛さを柔道に打ち込んだ。格闘技に才能があったとは思わない。正直、辛かった。その辛さを乗り越えたのは、あの人の存在だった。

加奈子は君の所に居る。取り返すには自分の腕で君を倒すしかない。そう思うことで俺は柔道という格闘技を身に付けた。君の苦笑が目に浮かぶ。ひ弱な戸塚が柔道とは笑わせる、そんな独り言が聞こえてくるようだな。だが、試してみるがいい。君の左のフック一閃《いっせん》で俺が倒れるかどうか。

答えを今教えておこう。俺は倒れない。あの日のように呆気なく反吐を吐いて倒れることはない。たぶん俺は君の腕をへし折る。何故なら、柔道で、俺は　万人いる警視庁の猛者《もさ》たちの中でベストスリーに入る。試す機会はやがて来る。何故かを教えてやる。それは、俺が常に君の傍にいるからだ。息を止めて周囲を窺え。俺は常に君の後ろに立っている。常にだ）

手紙を封筒に戻し、懐中にしまうと、江満は手桶に水を入れるために水道の引かれている区画の入り口まで戻った。水を汲《く》み、もう一度墓まで戻った。冷たい風が流れているだけで、人声も聞こえない。江満は手桶の水を柄杓《ひしゃく》ですくうと墓石にかけ手を合わせた。目を閉じると、加奈子のいつものような寂しげな面影《おもかげ》が浮かぶ。

加奈子が最後に面会に来たのは何時だったか……。記憶をたぐる。刑務所の面会室に来たのは一年以上も前のことだったのではなかったか。その時はまだ病魔に蝕《むしば》まれている姿では無かった。元気でいるか、と訊けばうっすら微笑み、「ええ、元気よ」と答えた。いつも通りに江満の様子を訊き、自分のことはほとんど話さずに面会室を出ていった。なぜか向き合って話をしていた加奈子の表情は薄れていて思い出せなかったが、歩き去る後ろ姿はしっかりと覚えていた。その背は、江満の優しい労《ねぎら》いを拒否するようにも見えたが、あれは思い過ごしだったか……。

合掌を解き墓石を見つめた。水をかけられた墓石は美しかった。ソープの真希が、この墓は戸塚が買ったのだと言ったが、安い値段ではなかっただろうな、と思った。もっとも江満には墓を作るのにいったいどれほどの金が必要なのかは分からなかった。

煙草を取り出して咥え、周囲を見渡した。今は火を点けてくれる子分はいない。なだらかに下る斜面の墓の先には市街地が広がって見える。墓の下の加奈子が毎日眺めている景色……。自分の百円ライターで煙草に火を点け、しばらくその景色を眺めた。

加奈子の死因は肝炎だったと真希は言ったが、シャブで体を痛めつけていたことも死を招いた原因だったのだろう。「見も知らない男に女房を抱かせて稼ぐような亭主」と、これもあのソープの女が口にしたが、今回に限ってはこの非難は当たらない。加奈子は江満が刑務所に入ってから自らソープに身を落としたのだ。

もっとも、それで江満が救済されるわけでもなかった。兄の一生が引き起こした事件のために『江満組』は手打ちの条件である賠償金を作るために懸命で、加奈子はそんな『江満組』の窮状《きゆうじよう》を見かねて働きに出たのだ。兄の一生は加奈子を本当の妹のように接していたから、加奈子も捨てておくわけにはいかなかったに違いない。

それにしても……と思う。『江満組』には本当に金が無かったのだ。だから中国人なんかと組んで最低の強盗までやってのけた……。下手を打った挙句《あげく》に六年の懲役を打たれた。そしてその間に加奈子は死んだ……。もし加奈子が生きていてくれたなら、これを機会にカタギになることも出来たかも知れない……。

携帯が鳴った。

「……大丈夫ですか？」

かけてきたのは霊園事務所で待っている松井だった。

「ああ、大丈夫だ」

「時間が経ったので、ちょっと気になって」

と松井は申し訳なさそうに言った。

「煙草を吸い終わったら戻る」

「なんならそこまで車で迎えに行きますが」

「いや、歩いて戻る」

短くなった煙草を捨て、また新しい煙草を咥え、百円ライターで火を点けた。

高木と林から『笹の川』侵攻を命じられてからすでに三日が経っていた。高木があの日、江満と竜二に言ったことは冗談ではなく、その翌日には竜二の『一興会』会長の解任と『三俠会』預かり、という人事が高木の名で傘下の全組織に告げられていた。竜二は反抗することなく、大人しくこの高木の処分を受けた。反旗を翻す時期ではない、と考えたのだろう。思慮深い判断だと江満は思った。勝てる喧嘩しかやらん、と言った竜二らしい結論だった。

竜二への処置と同じように江満にも時間を置かずに『笹の川』に行け、という指令が届くか、と思ったが、その指示はまだ来ていない。だが江満は高木の指示とは関係なく、すでに『笹の川』の独自情報を得ていた。松井の手配で若い衆を数名『笹の川』に送り込んでいる。この若い衆からの報告で、今の江満は『笹の川』の情勢をかなり摑んでいた。

『笹の川』の『勝村組』の規模は、すでに竜二や松井から聞いていたものと、ほとんど変わらなかった。構成員数は僅かに十六名。半身不随になった勝村常次郎に代わって、現実に組を動かしているのは勝村弘子《ひろこ》という女房だという。この現状を聞くだけで『勝村組』に人材がいないことが判る。良い若頭がいれば組の采配を女房が握るはずがないからだ。

地元でどれほど人望があつぃか知らないが、『勝村組』はたぶん勝村常次郎で終わりだろう。こいつの命を取れば『勝村組』は簡単に消滅する。要するに竜二が心配するほどのこともない。侵攻は楽だ、と江満は思った。

二本目の煙草を捨て、靴の爪先《つまさき》で消すと、それを見計らったように黒のスーツ姿の男が玉砂利《たまじゃり》を踏みゆっくりと近付いて来るのに気づいた。男が誰かはすぐ分かった。

「……貴一か……」

目の前に立つ戸塚貴一は記憶にあるとおり相変わらず華奢《きゃしゃ》な姿をしていた。細面の顔は変わらずの二枚目だ。

「ずいぶん来るのが遅かったな。出所したら一番にやって来ると思っていたが」

目の前で立ち止まり、戸塚はそう言った。

「……俺の出所日を調べていたのか?」

江満は苦笑してまた煙草を取り出した。戸塚は無表情に答えた。

「おまえのことなら何でも知っている。刑務所の中で何をしていたかも、これから何をしようとしているかもな」

「暇だな。噂じゃあ、もう刑事じゃあねぇって聞いたぜ。いまさらくすぶりの俺を見張っていても仕方ねぇと思うが」

煙草に火を点け、笑った。だが戸塚は笑わなかった。

「おまえがこれから何をやろうとしているかも分かっているって言っただろう。兄貴の仇を討とうなんて下手な絵図は描かないほうがいい。どうせおまえには高木の鉄砲玉の役しか回って来ないだろう。またパクられるだけだ。今度パクられたら、五年や六年じゃあ済まん」

「親切にアドバイスか。まあ、いい。それより……おまえには加奈子のことでいろいろ世話になったようだな。真希という女から聞いた。この墓も……おまえが作ってくれたことも教えてもらった。礼を言わないとならんな」

「べつにおまえのためにしたわけじゃあない」

「……まだ俺を恨んでいるのか」

戸塚が薄っすらと笑った。

「どうしてそんなことを訊く？　俺にパクられて、それで帳消しだと思ったのか？」

「いや、思っちゃあいねぇ。だが……おまえは望みを果たしただろう。加奈子が死ぬ時に、俺は刑務所で、傍にいてやれなかったんだからな。俺の代わりにいたのはおまえだろう」

「気楽な奴だな、相変わらず」

はじめて戸塚に苦い笑みが浮かんだ。

「俺がパクられなかったら、加奈子が風呂で働くこともなかったとは考えないのか」

「頭の悪いヤクザはどこまでも自分本意にしか考えない。もっと昔のことを考えてみろ。あの若さで加奈子を殺したのはおまえだよ。おまえが拉致しなかったら、あの人はまだ幸せに生きていただろう。俺と一緒になれなくても、たぶん平穏に生きていた」

吐き出す煙草の煙と一緒にため息が出た。

「……たぶん……おまえの言うことが正しいんだろうな……」

「いまさら後悔してみせたところで、何も変わらん。おとしまえはゆっくりとつける」

抑揚《よくよう》の無い報復の宣言に、江満は戸塚の顔を見つめた。能面のような無表情の顔に眼光だけが異様に鋭い。

「おとしまえか……おまえもヤクザになったか。だがよ、貴一、いったいどんなおとしまえをつける？」

「また刑務所にぶち込むようなことはしない」

「ほう。俺を殺すか？」

「良い提案だな。だが俺はヤクザじゃあないからな。俺の手で殺しはしない」

「そうだろうな、俺はおまえに殺されるほどやわじゃあない」

「どうかな。今の俺は昔のようにおまえに殴り倒されたりはしない」

「刑事になって腕っぷしが上がったってか」

と江満は苦笑した。

「彼女のために一つだけ教えておいてやろう。『笹の川』には行かんほうがいいな。勝村はな、おまえが相手に出来る男じゃあない。勝村常次郎の後ろには『三俠会』なんかじゃあ歯が立たない組織がついている」

「『大星会』のことか」

「そんなことは知っていると言いたいんだろう。相変わらず強いのはパンチだけで脳みそはやわだな。勝村を殺れば出て来るのは『大星会』ではなくて『新和平連合』だよ。どうして『新和平連合』なのかじっくり考えてみるんだな。要は高木の鉄砲玉にならんことだ。俺が見たいのはおまえの死に様で、パクられた姿じゃあない」

戸塚はそれだけ言うと江満に背を向けた。

「待てよ、貴一！」

戸塚は立ち止まったが振り向かなかった。

「『新和平連合』が出て来るとはどういう意味だ？」

「甘ったれるな、自分で考えろ」

江満は煙草を捨て、戸塚が歩み去るのをただ見送った。短くなった煙草を捨て、新しい煙草をまた取り出した。だが、火を点けるのは止めて視界から消えて行く戸塚の後ろ姿を見送った。

携帯がまた鳴った。松井が、

「まだ墓ですか？」

「ああ」

「大丈夫ですか？　男が一人そっちの方に行ったんで」

「大丈夫だ」

と答え、江満は突然強い疲労を覚えた。

「車、こっちに回せ。区画の十五だ」

「分かりました、すぐ行きます」

通話を終え、もう一度加奈子の墓の前に立った。

「貴一はああ言うが、おまえが俺の女だったことは一度もなかったよな」

と呟いた。手にしていた煙草をポケットにしまい、

「要するに、どれもこれも下手を打ったってことか」

江満はゆっくり墓を離れ、玉砂利を踏みながら松井が迎えに来る道路に戻りはじめた。

第二章　裏切《うらぎり》

一

　会議室にのっそりと入って来た関口康三郎《せきぐちこうざぶろう》が掛けていたサングラスを外し、会議用テーブルに座る神木《かみき》と下村光子《しもむらみつこ》に頭を下げた。

「遅くなってすんません……尾行が無いか確かめるのに時間がかかって」

二ヶ月ほど前から髪を切り、坊主頭にした関口はまさにプロレスラー上がりのヤクザにしか見えない。この関口は元警視庁警備部所属。体重115キロ、身長182センチ。仲間内ではゴリラと呼ばれていることを本人も知っている。

「まあ、座れ」

と神木剛《ごう》は会議用テーブルの正面の椅子を目で示した。会議用テーブルには神木のほかにサブ・チーフの下村光子、電子工学担当の伊丹八朗《いたみはちろう》が座っている。

東京は六本木《ろっぽんぎ》の外れにある『K・Sインターナショナル』、通称『会社』は今年から約三倍のスペースに拡大されたが、会議室は以前と変わってはいない。ボロビルの最上階の七階の、廊下を分けて北側のスペースをほぼ借り切り、新しいスペースにはまた別の会社名のプレートが扉に掛けられている。外から見ればそれぞれ関係の無い三社が使っているように見えるが、各部屋には連絡通路が極秘で作られ、内部で移動が出来るように改修されている。

『会社』に常駐しているサブ・チーフの下村光子が関口のために冷えた麦茶を運んで来た。下村光子はスタッフの中では神木に次ぐナンバーツーだが、「お茶汲みなんて」などとは言わない。

「ああ、麦茶ですか、すみません。それにしても、外から見るとひどいボロだけど、内は綺麗になったなぁ。ここは冷房が効いていていいですねぇ」

と関口が旨そうに麦茶を一気に飲み干すと、扉が開き、柴山律夫《しばやまりつお》がすべり込むように入って来た。

「……大丈夫です、尾行はなし」

この柴山は警察出身者ではない。元は窃盗《せっとう》の前科者だ。そんな柴山も今では公安の基本技術はほとんど身に付けている。尾行者の有無の確認も、柴山がオーケーを出せばまず間違いはない。

「何ですか……俺に、こいつの尾行がついていたんですか」

関口がため息混じりで言う。

「そう。二重の安全装置」

と下村光子。

「何時からですか？　組を出た時から？」

「まさか。会社の近くからよ」

警視庁警備部出でも尾行を振り切ることぐらいは出来るが、関口は公安出ではないから能力は一級とは言いかねる。だから、何事にも用心深い下村光子が柴山に二重のチェックを命じていたのだ。

「じゃあ、私はこれで」

と伊丹が柴山を促して隣室に入る。隣の部屋はいわば司令室で、通信機器やパソコンをはじめあらゆる電子機器が揃っている。ビルのオーナーは知らないが、ビルの十数か所に密かに隠しカメラや盗聴器がセットされ、まずスタッフに気づかれずにビルに侵入することは出来ない。

「そっちに緊急の用件はあるのか？」

神木の問いに、

「『新和平連合』の動きは前々回に報告したことと変わってませんが、傘下の『形勝会』に新しい動きが出てきてます」

と関口は答えた。関口がヤクザの巨漢に見えるのも当たり前である。関口は現在潜入員として『新和平連合』の二次団体『玉城組』の幹部組員になっているのだ。その『玉城組』の当代は、『新和平連合』の会長にのし上がろうとしていた杉田俊一が射殺され、今は幹事長だった山本久三《やまもときゆうぞう》が組長。現在、『新和平連合』の会長には『橘組』の会長補佐だった佐伯光三郎が昇格して就任している。東日本の巨大組織『新和平連合』も、現在は激動の時代を迎えているのだ。

「分かった。そっちの情勢は後でまとめて聞くとして、今日おまえさんに来てもらったのは、実は戸塚のことだ」

「ええ、分かってますよ。電話で下村さんから聞いていますから」

神木のスタッフの中でこの関口が特に戸塚貴一と仲が良い。戸塚も警視庁出身者で、所属は捜査第一課だった。

「戸塚からおまえのところに最後に連絡があったのは何時だ？」

「一週間くらい前ですかね」

　戸塚がしばらく休暇を欲しいと言って姿を隠してからすでに一ヶ月近くになる。ただ居場所は彼が所持している携帯から発する電波でだいたいは判る。現在、戸塚がいるのはおかしな所だ。M県の『笹の川』市。

「戸塚は温泉地の『笹の川』にいるらしいが、何でそんな所に行ったのか、そいつを知っているか？」

「知らんです。例の女を連れて温泉にでも浸かりに行ったんじゃあないですか」

　例の女とは彼が『市原組』から救出して現在同棲《どうせい》している紫乃、本名大谷昌美《おおたにまさみ》のことだ。元組長だった市原が店を持たせていた女である。

「いや、違うな。紫乃さんは現在、府中《ふちゅう》の団地にいる。こいつは確認済みだ」

「そもそも長期休暇というのは何なの？　本当に何も知らない？　あなた事情を聞いているんでしょう？」

　下村の問いにやっと真面目な顔に戻って関口は頷いた。

「聞いていますよ。あいつが『笹の川』なんて所に居るんなら、そいつはたぶん江満を追っているんでしょう」

「江満？」

「そうですよ。下村さんも知っているでしょう？　あいつがそもそも警察官になったのは江満に報復することが目的だったんだから」

下村光子が頷き、神木に説明する。

「江満というのは江満辰夫というヤクザです。チーフが赴任《ふにん》された時に簡単でしたが一応説明しました。中国人を雇って強盗事件を起こした首謀者が当時まだあった『江満組』のナンバーツーだった江満辰夫。その江満を逮捕したのが戸塚で、戸塚はその江満の連れ合いと関係を持った、これが警視庁を退官した原因でした」

神木はもちろん下村光子の説明を覚えていた。そこで関口が口を挟んだ。

「ちょっと下村さん、その説明じゃあ戸塚が可哀想ですよ。戸塚はただヤクザの女房に手をつけたわけじゃあないんだから。江満っていうヤクザの女房っていうのは、もともと戸塚と結婚を約束していたガールフレンドだったんですよ。そいつを大学時代にヤクザになっていた江満が強奪した。そんなことがあって、戸塚は半ば約束されていたエリートの道を捨ててしょぼい警察官なんかになったわけで」

下村が苦笑して言った。

「そうだったわね、ごめんなさい。ヤクザの女に手をつけたって当時本庁では問題になったようですが、その女性とは幼馴染《おさななじみ》で、ただ逮捕したヤクザの女に手をつけたということではなかったんです。京大を出ながら警察官になったのも、その江満辰夫が頭にあって、いつか江満からその女性を取り戻すつもりだったようですね」

「京大を出て、キャリアにもならずに巡査からか」

「ええ、そうです」

「その女性はどうなったんだ？」

神木は命の危険を承知で『市原組』の市原の愛人を愛した戸塚を思い出して尋ねた。関口が答えた。

「その人は西野加奈子っていうんですけどね、もう死にましたよ。かれこれ二年くらいになりますかね。病死ですけど、その病院の世話から葬式まで全部戸塚がやったんです。女の亭主の江満は当時は刑務所でしたから。病院の費用も死んだ後の費用もみんな戸塚が出した……戸塚はまだ江満を許しちゃあいないんです。自分の人生をかけて江満っていうヤクザに報復する気ですから。今回、長期の休暇をくれって言って姿消したのも、実はその江満が出所したからなんです。戸塚が今、『笹の川』にいるっていうんなら、それは多分、江満が『笹の川』に居るからなんじゃあないですか。ついでに、戸塚が警察官になった経緯を説明しますよ」

と関口は戸塚と加奈子、そしてこの二人に介入した江満辰夫というヤクザについて説明を始めた。それは悲痛な、という形容がぴったりな恋愛の物語であった。将来を約束していた女性をヤクザの暴力で奪われた戸塚の歴史だ。

戸塚のヤクザ嫌いの根は深い、と神木は改めて思った。それにしても……刑務所から出所して来たヤクザをなお追って、戸塚はいったい何をしようとしているのか……。

「その江満辰夫というヤクザだが、どこの組の者なんだ?」

と、話し終えた関口に神木は訊いた。

「昔は『江満組』という組がY市にあったんですがね、組長の江満一生がそれこそ『笹の川』で殺傷事件を起こして、それがもとで解散に追い込まれたんです。『江満組』の上部団体は『三俠会』という組で、こいつはY市最大の暴力団。ここは関西ともどことも系列は無いです。ただ、江満一生ってのが殺傷事件を起こした相手が『笹の川』にある『勝村組』で、これが『大星会』の系列だったんですよ。『大星会』と言えば全国に広がっているテキヤの大組織ですよ。相手がその『大星会』だと判って、江満の兄貴はその後海外へ逃げて『江満組』は解散に追い込まれたわけです。ただ、この事件当時、若頭だった弟の江満辰夫はまだ刑務所の中でしたが。ちなみに……」

と関口はニヤリと笑って言った。

「チーフも下村女史もお分かりでしょうが、『大星会』はうちの組織の枝ですよ。下部組織と言っても『新和平連合』に匹敵《ひってき》するほどでかい組織ですけどね」

関口が現在潜入しているのは『新和平連合』の二次団体『玉城組』だが、『大星会』も同じ『新和平連合』の二次団体なのだ。しかも『大星会』は『玉城組』などよりも組織としては、はるかに大きい。『大星会』はただの二次団体ではないのだ。この『大星会』の会長が『新和平連合』の当代にならなかったのは『新和平連合』系列ではあるが稼業違いのテキヤ組織だということで、『新和平連合』の会長は直系の組織から選ばれただけである。要するに二次団体であっても『大星会』だけは特別な存在で、その勢力は日本全国に広がっている。地方のヤクザが相手に出来るような組織ではないのだ。

「なるほどな。もう少し聞きたい。出所してきたその江満って男は、それでどうしたんだ？　出てきても元の『江満組』はすでに解散していたわけだろう？」

「そういうことですね。戸塚からその点に関しては何も聴いていませんが、たぶん今は上部団体の『三俠会』の世話になっているんじゃあないですか」

神木は下村に訊いた。

「『三俠会』の資料はあるか？」

「あると思います、データベースに」

「その資料を見ておきたいんだが」

「分かりました。ちょっと待って下さい、今、パソコン立ち上げます」

下村光子がテーブルの上のパソコンを立ち上げると、会議室の壁面に設置された巨大な液晶画面に『三俠会』の資料が大きく映し出された。

「でかいな……今時、いっぽんどっこでこんなに大きな組があるのか」

と神木が画面を見上げて嘆息した。嘆息も無理はない。現在の日本の暴力団はほとんどが組織化・系列化していて、小さな暴力団が独立を守ることはほとんど困難になっている。

「大きいですね、たしかに。まあY市は地方都市でも大きい街ですからいろんな組織が進出していますが、『三俠会』だけが特出していますね。系列の下部組織の数も相当なものです」

「よく生き延びてこられたな、ここまで。会長の高木というのがやり手なのか」

「高木俊治ですか。この男は二代目で、会長になって間がありません。初代は山下信久。この山下はもともと風俗で財を築きあげた男です。さっき話に出た『江満組』というのは、この『三俠会』の二次団体だったわけですが、『笹の川』の『勝村組』組長とトラブルを起こして解散に追い込まれた……『勝村組』は『大星会』の下部組織。『大星会』がバックだったことで、『三俠会』はピンチになって、代償として『江満組』を解散したんですね」

下村光子の説明を聴き、神木は関口に向き直って言った。

「江満という男については解ったが……戸塚はその江満に張り付いて、いったい何をしようとしているんだ？」

「さあ……そこまではちょっと。報復がまだ終わっていないと考えているのかも知れないし……江満を張っていて何か新しい動きを見つけたか……」

「新しい動きというのは、何だ？　何かおまえに心当たりでもあるのか？」

関口が頭を掻いて言った。

「後で報告するつもりだったんですが……さっき言いましたが、『新和平連合』の『形勝会』に、ちょっとした動きがあるんですよ。実はここでさっきちょっと話した『三俠会』が出て来るんですがね」

「『三俠会』が出て来るって、どういうこと？」

下村光子が膝を乗り出す。

「下村さん、悪いけど、解り易《やす》いように『新和平連合』の組織図、パソコンで出してもらえないかな」

「分かったわ」

下村光子がまたパソコンのキーを叩く。壁面の巨大液晶画面に『新和平連合』の組織図が映し出された。ピラミッド形の組織図の頂点は『新和平連合』会長。当代は舎弟の格で二次団体だった『橘組』組長補佐から会長に就任した佐伯光三郎。舎弟格の参加団体は他に『大星会』、『別当《べっとう》会』と並ぶ。直系の二次団体は大きいほうから『形勝会』、『玉城組』、『才一《さいいち》会』、『市原組』などが並ぶ。関口が立ち上がり、壁面の画像を指で示しながら説明を始める。

「いいですか、ここの直系二次団体で一番でかいのが『形勝会』。俺のいる『玉城組』が、まあ二番目。ご存知のとおり、このまえ会長だった新田雄輝《にったゆうき》が暗殺されてから代行だった品田才一が会長代行って形で『新和平連合』の代表になっていたわけです。この品田に反旗を翻して会長候補になったのが最大派閥の『形勝会』会長の武田真。この武田が爆殺されて次は俺がいる『玉城組』組長の杉田俊一で新組織がスタートするはずだった……ここまでは覚えていますよね」

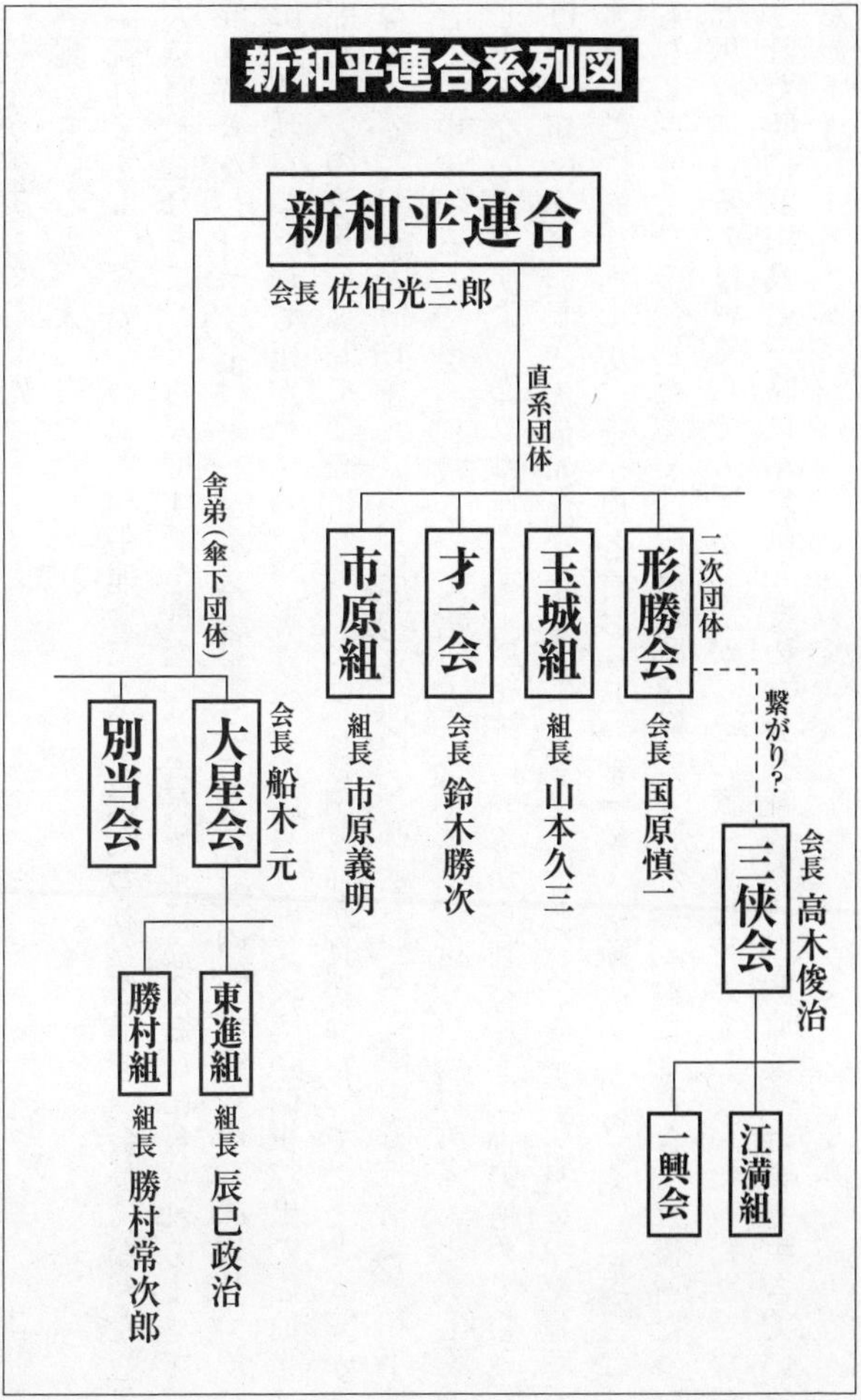
新和平連合系列図
新和平連合
会長 佐伯光三郎
直系団体
舎弟（傘下団体）
市原組
組長 市原義明
才一会
会長 鈴木勝次
玉城組
組長 山本久三
形勝会
会長 国原慎一
二次団体
繋がり？
三侠会
会長 高木俊治
江満組
一興会
別当会
大星会
会長 船木元
東進組
組長 辰巳政治
勝村組
組長 勝村常次郎

神木が苦笑して答えた。

「覚えているよ、大丈夫だ」

「続けますよ。だいたい『新和平連合』ってのは呪われた組織で、会長になった奴は大抵暗殺されちまってるんです。今度だって会長候補になるたびに殺られちまって、混乱続きなわけですよ。やり手の一番乗りだったうちの組長の杉田で決まりって時に、これも撃たれて死んじまって、もう候補がいなくなった。『橘組』出の佐伯光三郎が大方の予想に反して会長になったのは、杉田と仲が良かったってことと人望があったってことなんでしょうが、こいつを面白く思っていない連中も結構『新和平連合』の中にいるんです。何故かって言うと、『橘組』っていうのはもともと大した組じゃあないんですよ。これは俺が『玉城組』にいるから判るんで、舎弟格っていうだけで、組は小さいし、佐伯が出て来るまではどうにもならんような組だったわけです。ここにありますが、誰が何と言おうと一番でかくて勢いのあるのが『形勝会』。もし『形勝会』の会長だった武田真が跡を継いでいたら『新和平連合』は盤石だったと思っているのはいくらでも居る。だが、その武田真は死んでしまった。ただ、爆殺された時に武田真と一緒に車に乗っていた会長補佐だった国原慎一はまだ生きているんです」

下村光子が言った。

「生きてはいるけど、爆発で手足を吹き飛ばされてしまったんでしょう？」

「両足は吹き飛ばされたそうですが、腕はありますよ」

「動けない状態じゃあないの？」

「いや、今じゃあ車椅子で事務所に出てるって噂です。で、この国原ですが、本来なら武田真に代わってこの国原が『新和平連合』の跡目を継ぐのが筋だと思っている連中が今の『形勝会』にはごまんといるわけです。『形勝会』はなんと言っても直系だし、何も外様《とざま》の『橘組』の組長でもない男を引っ張って来る必要もないだろう、って理屈です」

神木が訊いた。

「それなら、その佐伯が就任する時に反対したらよかっただろう。何故そうしなかったんだ？」

「それは、その時に他に候補になる奴がどこにもいなかったからですよ。今こそ車椅子で出歩いている国原だって、あの頃は病院で生死の境をうろちょろしていたわけですから」

「それで、また内乱でも起こりそうだということ？」

と下村光子。

「そこまでは行ってないですが、芽は出ている感じがするんです」

「何か、そんな証拠でもある？」

「そこで、さっきの『三俠会』ってのが出て来るんですよ。ここの会長が『形勝会』の現会長の国原と会っているって極秘情報があるんです。うちは、情報が売りの組ですからね。うちってのは『玉城組』のことですが」

「おまえんとこの組は、『形勝会』にスパイを忍ばせているのか？」

「ええ。『形勝会』だけじゃあないでしょう。たぶん『大星会』や他の組にも何人か送り込んでいると思いますよ。そもそも、うちはあのやり手の杉田俊一が頭だった組ですからね。ただのいけいけどんどんじゃあなくて、昔から情報収集じゃあ断トツの組ですよ」

「そんな組の中におまえが潜《もぐ》り込んでいるということか」

と神木は苦笑した。

「それにしても」

と下村光子が疑わしそうに関口を見つめた。

「まだ幹部でもない貴方《あなた》にまでそんな情報が伝わるなんて、それじゃあ極秘でも何でもないじゃない」

　関口が笑って答えた。

「たしかに。するどいな女史は。でもね、この情報は『玉城組』の仲間から聞いたわけじゃあないんですよ。こいつを教えてくれたのは戸塚ですわ。戸塚が電話してきた時に聞いた情報です」

「それじゃあ戸塚さんは、ただ江満というヤクザの後を付け回しているだけじゃあないのね？」

「江満を追っている間に摑んだ情報じゃあないですか。それで俺に聞かせて寄越した」

「ふーん、ちょっと面白いわね」

　下村光子はそう言って神木を見つめた。

「どう思います、チーフ？」

「『新和平連合』の中にいろんな動きが出始めるというのは想定済みのことだが、『三俠会』という新しい組織の名が出て来るのが分からんな。『形勝会』が動き出すのは解るが、接触の相手が『三俠会』というのがおかしい。『大星会』のほうに動きは無いのか？」

「そっちの情報はまだ無いですね。もっとも俺のところに何か入って来るのは現実に何かが起こってからですよ。俺は幹部じゃあないんで」

関口はそう下村光子に皮肉を言った。下村光子はそんな関口の皮肉を無視して、

「『新和平連合』に何か起こるとすれば、『大星会』に無関係では起こらないでしょう。あそこはただの二次団体じゃあないですから。必ず『大星会』が噛んでいるはずでしょうね。『形勝会』だけでは戦争は出来ません。もっとも、現在の『大星会』会長の船木元《はじめ》という男は事を収めるタイプで自ら過激な行動はとらない……動きがあるとすれば、『大星会』の下部組織……どうします、チーフ……？」

「今度は『大星会』の組織図を起こしてくれないか」

下村光子は頷くと、パソコンのキーボードを素早く叩いた。壁面の画面が変わって『大星会』の組織図が映し出される。

トップの『大星会』の下に、二次団体、三次団体、そして四次団体と巨大なピラミッドの形が現れる。団体の数からみれば上部組織の『新和平連合』よりさらに巨大な組織だ。

「なるほど、でかいな……『大星会』の動きが知りたいが……さて、どうするか……」

と壁面を睨む神木に下村光子が言った。

「『大星会』でなくてもいいでしょう。『三俠会』の動きが分かれば『大星会』が何をしようとしているかも分かるんじゃあないですか？」

「要するに、戸塚だな。あいつがどこまで『三俠会』の動きを摑んでいるのか……とにかく戸塚を摑まえんとならんな。今、奴と連絡が取れるか？」

「たぶん駄目ですね。一時間前にもやりましたけど、携帯の電源を切っているんです。メールを打ってありますが、これも応答がありません」

「まずいな。トラブルということもあるか……よし、今も『笹の川』にいるのか、とにかくあいつの現在位置だけ確認してくれ」

「分かりました」

と頷いて隣室に向かう下村光子から神木は壁面の『大星会』の組織図に視線を移し、言った。

「『新和平連合』は無理でも、この『大星会』か『三俠会』に潜入させるしか方策がないのかな」

「そいつは無理だ。うちにはそんなことが出来るスタッフはいませんよ。戸塚なら何でも出来るが……ほかの奴らは無理です」

首を横に振る関口に、神木は苦笑して頷いた。

「たしかに、そうだな、おまえの言うとおりだ。さて、それならどうするか……」

神木は腕を組み、関口を振り返って尋ねた。

「だったら、エスはどうだ」

「エスって……ハムのエスですか？」

エスとは公安警察の隠語で情報提供者のことだ。

「潜入員を作れないなら、それしか手はないだろう……ただ、問題は時間だな。エスを作り上げるだけの時間があるか……関口、おまえも少しは知恵を出せ。じっくり時間をかけたりせんで、短時間で言うことをきく奴を『大星会』か『三俠会』の中に作る。その方策はハムのやり方とは違う。おまえさんの得意の分野でやるしかなかろうよ」

「俺の……得意な分野って何です？　俺は本庁の警備部出で公安じゃないですよ」

「暴力だよ」

「ええっ？」

「時間が無いからな、荒療治だ」

とあっさり言い、神木はため息をつくと、もう一度壁面に向き直った。

二

仲居に勧められ、神木は下村光子と共に座敷に入った。まだ青山宗一郎《あおやまそういちろう》は来ていない。仲居が出て行くのを待って下村光子は大型のバッグを開けて言った。

「一応、調べます」

部屋に盗聴器がセットされていないかのチェックである。座敷は離れだから隣室を気にする必要はないが、この東京・赤坂《あかさか》の高級鰻《うなぎ》店は政治家がよく使うこともあり、盗聴機器がセットされている危険性が無いとはいえない。

「クリーンですね」

点検機器を女性には大きすぎるバッグに戻しながら彼女が言った。上座を空け、神木と下村光子は座卓の前に並んで座った。

「……あんたの元ボスが鰻好きだということは分かっているが、彼も同じらしいな」

時計に目をやる下村光子に神木が笑みを見せた。下村光子の元上司とはかつての東京都知事。与党の衆議院議員だった頃からこの鰻割烹《かっぽう》がご贔屓《ひいき》で、ダイエットに励む彼の客は閉口したという。今日、この割烹を指定した青山宗一郎は警視庁公安総務課の課長である。公安総務は警視庁公安部の要《かなめ》であり、そこの課長は警視庁の陰の顔とも言える。

そしてこの課長はもう一つ裏の顔を持つ。本来の公安組織はマル暴などとは縁が無い。と言うよりも、公安警察と刑事警察は同じ警察組織でも水と油の関係と言っても間違いではない。存在の理念が違うからだ。刑事警察が護らなければならないのは民だが、公安の目的は国家を護ることだ。

ただ、その公安の中心にいる青山は違う。暴力組織壊滅を目的とする神木の組織は実質この青山によって運営されているのだ。チームリーダーの神木は、この青山に二年ほど前にスカウトされている。勧誘と説得を受けた場所は今と同じ、この赤坂の鰻店だった。

「男の人はみんな好きなんじゃあないですか。昭和世代には、官費で一番贅沢な食べ物は鰻って、そんな連想があるのかも知れませんね」

下村光子の返答に、神木はそうなのかも知れないと思った。和食の割烹などと比べれば鰻は比較にならぬほど安価だが、神木たちの世代ではとてつもなく贅沢食のイメージがある。年に一度の贅沢、土用の鰻のイメージである。もっとも神木はそれほど鰻が好きなわけではなかった。酒を飲むだけなら居酒屋のほうが性に合っている。

仲居がとりあえず茶を運んできて、

「先に始められますか？」

と訊くのに、神木は主客がまだなのでビールだけ先に運んでくれ、と答えた。

ビールと付き出しが運ばれて来るのを見計らったように青山が現れた。

「すまん、遅れたな」

普段、青白い能面が微かに赤い。すでに幾らかアルコールが入っているように見える。

仲居が立ち去るのを待って神木が訊いた。

「今日はあんた一人なのか？」

「ああ、俺一人だ。ここには誰も来ない」

一年前に呼び出された時には、公安とは水と油であるはずの警視庁刑事部長の赤根《せきね》もいたのだ。

「例の都知事と同じで、あんたも鰻が好きなんだと今、話していた」

「そういうわけじゃない」

と青山は苦笑し、

「実は今まで別の部屋で都知事たちと話していたんだ。移動の時間が惜しいので君たちにここに来てもらった」

「また都知事か」

と苦笑する神木に青山はため息をついた。

「同じ都知事でも今度のは女性だよ、面倒な話だ」

「なるほど。あんたには女心は解りづらいということか。それで、新都知事殿は知っているのか？　うちの存在のことだ」

「いや、知らない」

「報せてないんだな？」

「話すつもりでいたが、危ないから止めた。まだ、相手がよくわからん。前都知事と違って左かも知れないと勘ぐる必要はないだろうが、女性だけに不安だ。なにせ、都政の透明化が看板の都知事だぞ。俺たちの存在を知ったら卒倒しかねん。まあ、そのことは後でゆっくり話す」

神木には青山の悩みが分かった。以前の都知事のキャラは分かり難かったのだ。保守派のような言動を見せていたが、突然左派の顔に変わったりもする男だった。新しい都知事は政治の信条では不安がなくても、秘匿《ひとく》が必要なチームの存在を許せるかどうか、判断が難しい。

だが、神木の組織はもともと三代前の都知事の要求で、暴力組織の排除を目的で創設されたのだから、都知事の了解がなければ本来の存在が根底から崩れる。オリンピックを開催しようとしている東京から暴力組織を排除、それが出来なければ弱体化させる目的で創設された通称『会社』が、神木をリーダーとする『K・Sインターナショナル』なのである。一言でいえば非合法の対暴力団組織。当時の都知事は周囲がハラハラするほど思ったことを直截《ちょくせつ》に口にする男だったが、女性都知事のキャラは青山でも読みきれないところがあるのだろう。この青山の苦慮《くりょ》は神木にも理解出来た。もし存在が表に出たらどうなるか。

「ところで、本題だが……」

仲居が注文の確認に現れたので青山は話を止めた。

「話があるんで、料理はちょっと遅らせてくれ。あとで知らせる」

仲居を下がらせると、青山はビール瓶を取ろうとする下村光子に、

「俺が注ごう」

と言って二人にビールを注いだ。

チームに関しての通常の報告はすでに下村光子からされている。今日、青山に会う神木の目的はスタッフの戸塚貴一に関する事案である。通常ならば、今回の案件のよ

うなものは多忙な青山に話したりはしない。公安総務課長の座は公安の中心というだけでなく、警視庁の中でも特別の権力を持つ立場だ。手元のスタッフだけで五百名はいる、青山はそんな組織の長なのだ。だから青山の手を煩わせるほどのことではないと解っている。

だが、そんな多忙なはずの青山は、神木と下村光子をこの鰻料亭に呼び出した。慰《い》労《ろう》のためなのでないことは分かっている。何か青山のほうに問題でも出来たのか……。

「さてと」、と言って小ぶりのグラスのビールを一気に飲んで青山が続けた。

「戸塚の件を先に済ませてしまおう。まず、君たちから頼まれた戸塚の出国記録だ。戸塚は確かに出国しているな。行き先は韓国のソウルだ。携帯に出ないのはそういう理由だろう。国内で事故が起こったということではないから、そっちの心配することはないと思う。いかんのは出国を君たちに報告していないことだ。休暇中でも厳密に言えば、こいつはルール違反だな」

青山に言われるまでもなく、戸塚の行動は言い訳の出来ないものだ。青山が訊いてきた。

「奴の個人的な事情は分かっているつもりだが、何故ソウルなんかに行ったのか、君たちは分かっているのか？」

「いや、分からん。あいつの過去にソウルと関連するものはない。ただ……想像は出来るがね」

と神木は隣の下村光子に目をやった。下村光子が神木に代わって言った。

「戸塚が現在張り付いているのは江満辰夫というヤクザだということはお分かりですね？」

「ああ、電話で聞いた。覚えている」

「念のためにもう一度説明しますが、江満辰夫はすでに解散した暴力団『江満組』の若頭だった男です。年齢は三十一歳。刑期は六年。先週出所して現在はおそらくＹ市にいるはずです。もっともこれは戸塚からの情報を聞いただけで、確認はしていませんが、たぶん間違いないでしょう。ここで出てくる『江満組』はＹ市にある最大の暴力団組織『三侠会』の二次団体。この『江満組』の組長だった辰夫の兄の江満一生は温泉観光地『笹の川』のヤクザ組織『勝村組』の組長を銃撃してフィリピンに逃げました。その江満一生がフィリピンではなく韓国のソウルで殺害されたという情報があるのです。これも未確認ですが、戸塚はそう関口に話したそうです。戸塚が韓国に行ったとすれば、その確認かと思います」

「なるほど。で、その江満一生というヤクザだが、いったい誰に殺されたんだ？」

「まだ分かっていません。常識的には『勝村組』のヒットマンでしょう。江満一生の銃撃で組長の勝村常次郎は死にはしませんでしたが、現在は車椅子生活だそうですから、報復の名分はあります」

「だが、この件は『三俠会』と『勝村組』の上部団体の『大星会』とで手打ちになっているんだろう？　前にそう聞いたが」

「表向きはそうなっています。ただ、どこにでもはねっかえりはいますから、手打ちですべて解決とは限りませんよ」

「なるほどな、手打ちはしたが実際にはまだくすぶっているわけか」

「戸塚は出所した江満の動きを張っていて、それで『三俠会』と『新和平連合』の接触の事実を摑んだと思われます」

「よし、分かった、次だ。『三俠会』という組織に関しては、現在はそっちに流した情報以上のものは無い。うちの管内ではないからな。そこの会長が『新和平連合』に接触しているということも、うちのマル暴はまだ摑んでいないようだ。『新和平連合』の監視は現在も怠《おこた》っていないから、そっちの情報が本当なら、こいつは価値がある。もっとも本庁のマル暴が張り付いているのは『新和平連合』の本部だけだから、他県の『三俠会』の動きは分からん。関口から何か報告はないのか。あいつも『玉城組』ではもう結構顔になっているんだろう？」

「それが問題なんです」

と神木より下村光子が先に答えた。

「うちが今気をつけないとならないのは、戸塚より関口のほうです」

「関口に、何かまずいことでも起きたのか？」

「いいえ、まだ何も。ですが、そういう事態が起きても不思議ではない状況だとは思います。現在、『新和平連合』に関してマル暴の監視は大したものではなくなっていますけど、『三俠会』と接触したことがはっきりすれば、また監視は強化されるでしょう。それに『新和平連合』は過去にロシアと接触していますから公安だって動くでしょう。私たちの存在はまだ危険ではないでしょうが、関口は違います。関口は本庁でも知らない者のない有名人でしたからね。関口が今まで二次団体『玉城組』の下っ端だったから無事でしたけど、幹部になれば正体はバレますよ。マル暴は組関係の顔写真も入手するでしょうし。ですから、今回の任務も相当注意しなければなりません。オーバーでなく、綱渡りのようなものです」

下村光子の指摘した危険はたしかに目前に迫っていた。関口はオリンピックの候補に挙がったほどの柔道家であったから、普通の警察官と考えてはいけない。本庁の職員なら誰もが彼の顔を知っている有名人なのだ。

マル暴の刑事が『新和平連合』の監視を強化すれば、ヤクザに変身した関口に出会う危険はかなりの確率で発生する。マル暴出身ではないからヤクザたちに面は割れていないが、逆にマル暴や公安の職員に化《ば》けの皮を剝がされる危険は大いにあるのだ。

そんな関口が弁明できるのは、ただ一点。関口が懲戒《ちょうかい》免職になったことが事実だということである。これは潜入のための偽装ではないから、警察官が意図して潜入したという証拠を『新和平連合』が摑むことは出来ない。それでも出身が警視庁の警備部だと露見すれば、やはり危険な状況には陥《おちい》るだろう。身分を隠して組に入ったとなれば、当然ながら潜入員と疑われ、ただでは済まない。同じような潜入員でも、戸塚はすでに撤退《てったい》させた状況だから発覚の危険は無いが、関口は違うのだ。

「なるほどな、関口は危険なわけか」

「本来なら撤退させる時期だと思いますね」

下村光子はきっぱりとそう言った。

「しかし……そっちから来た『三俠会』との接触という情報価値は、もし事実なら放ってはおけないだろう。問題は接触の内容だ。『三俠会』なんて組は、『新和平連合』

関連には出てきたことのない組織だからな。あんた、どう思っているんだ？」

　と青山は口を閉ざしたままの神木に訊いた。

「まだ分からん。だが、気にはなる。接触の相手が二次団体の『形勝会』だからな。会長の武田真が殺されて、今の『形勝会』のトップは国原慎一だ。ただ、国原は生きているのが不思議なくらいの状態で、今は車椅子の生活だ。『形勝会』は『新和平連合』では直系だから、本来なら国原が『新和平連合』の会長になってもおかしくない地位にいた。半死半生で病院にいる間に会長におさまったのが佐伯光三郎だ。生き残った国原にすれば、自分が生きるか死ぬかの間に、どさくさ紛れに会長を決めた幹部を快《こころよ》くは思っていないだろう。ましてや会長になった佐伯光三郎は外様の弱小組織『橘組』の出だ。ふざけた真似をされたと抗争を企《くわだ》ててもおかしくはない。しかも『形勝会』と『三俠会』の間には、これまた怪しげな『大星会』の二次団体の『東進組』がいる。『東進組』の辰巳も現会長の船木に対抗心のある男だ。構図を眺めただけで何やらきな臭い感じはする。それにしても、おたくのマル暴がこの『形勝会』の動きを警戒していないことがおかしいが。本当に監視はないのか確認してもらいたい」

「ああ、それは分かった。こちらのマル暴の動きは必ず報せる。ただ、監視が緩いのは解る。今の『新和平連合』の会長は佐伯だが、これは『大星会』の会長の船木と同じで、どちらかと言えば穏健な男だ。今の東京で騒ぎを起こせば自分たちの首を絞めることになると分かっているんだ。どんな巨大組織でも頭がしょっぴかれればどうなるかよく解っている。あいつらにとって、何が応えるかと言えば、幹部を片っ端からしょっぴかれることなんだ。代わりはいくらでも出て来るだろうが、金がかかる。ヤクザを殺すには刃物は要らん、どんどん逮捕者を出せば破産する、というわけだ。佐伯もそこのところは分かっているから、逮捕者を出すような動きはしない。うちのマル暴も会長が佐伯ならおかしな騒ぎは無いだろうと考えているはずだ」

「そうなると問題はやっぱり『三俠会』だな。ここの情報を急いで手に入れんとな」

「どうやる？　うちのマル暴の情報だけでは頼りない。なにせ他県の組織だ」

「まずは何とかして戸塚を摑まえる。戸塚がどこまで『三俠会』の情報を摑んでいるか」

「戸塚が戻らなかったら、どうする？」

「同時に関口を使うか……」

「関口をＹ市にやるのか？」

「ああ、そうだ。それが無理なら、俺が行く」

「Y市で何をやる？」

「『三俠会』の中にエスを作るかな」

エスは公安用語で、情報提供者のことである。

「それじゃあ時間がかかり過ぎる。もし抗争をたくらんでいるのなら、のんびりやっている暇はない」

「ハムの作るエスとは違う。悠長なことをするわけがないだろう」

と神木は笑みを見せた。

「同じ情報提供者でもな、心情を虜《とりこ》にするようなエス作りなんかやらんよ」

「荒業《あらわざ》か」

「仕方がないだろう。関口か俺以外に使える人間が他にいないんだ」

組織といってもスタッフは神木をトップに僅か六人。装備は充実しているが、取柄《とりえ》はそれだけ、とも言える。

「あんたの言いたいことは分かっているよ。たしかに、俺たちの組織でやれることは、実を言えばそれほど無い」

非合法の組織と謳《うた》ってみたところで、神木のチームでやれることはたかが知れている。これまで実践してきたオペレーションは、何のことはない、暴力組織同士を手をかえ品をかえ挑発し、戦わせてきただけである。神木の手にあるのはたかだか数名のスペシャリストでしかない。そのスペシャリストも角度を変えて眺めれば、ただの寄せ集めだ。これまでも巨大な暴力組織を自力でねじ伏せてきたわけではないのだ。そして青山の言うとおり、現都知事が神木のチームを容認するとはとても思えない。いまさらながら、とんでもないチームを作ったものだとため息が出る。

「結論は出ているようじゃないか」

神木は苦笑し、見つめる青山に言った。

「静観だ。放っておくのが一番ということだな」

下村光子が鋭く光る目で神木を見つめる。

「場合によっては『会社』を解散してもいいぞ」

「……チーフ……！」

神木は青山から堪《たま》り兼ねたように叫ぶ下村光子に視線を向けて、穏やかな口調で言った。

「青山さんよ、今日はそのことで俺たちを呼び出したんじゃあないのか？　俺たちはこれまで結構危険な綱渡りをやってきた。そんな任務を何とかやってこられたのは、それは目的のある任務だったからだろう。僅かでも評価に値する仕事だという自負があったからだ。別に特別手当にひかれて命張ってきたわけでもない。要するに時代が変わって、俺たちの存在にそれほどの価値が無くなったということじゃあないのか」

「待てよ、神木。結論をそう急ぐな」

神木は青山を制止するように掌を向けた。神木は冷笑を浮かべて続けた。

「時代が変わったと言えばそれまでだが、みんな利口になったんだろう。閣僚も、官僚も、治安当局も、そしてヤクザたちも、だ。俺が知事ならこう言うと思う。オリンピックの経済効果はでかいんだ。国にとっても、それにヤクザたちにとってもな。だから、ヤクザ諸氏も賢くなって、マイナスになる騒ぎなんか起こすわけがない。ここは共存共栄、共闘で行きましょう、とな。岸《きし》政権の頃だったか、政府がヤクザを頼りにしたことだってあったんだ。今の東京のヤクザなら、国のためならって、結構言うことをきくと思うぞ」

下村光子が刺すような視線のまま言った。

「邪魔なのは、むしろ私たちということですか」

「まあな。下手に動かれたら厄介だ、と思う人間がいても不思議じゃあないだろう。こういう場合、諸外国のインテリジェンスならこっちが消されてもおかしくない。そもそも最初から存在などしなかったというわけだ」

「消すって、どこが、ですか？」

神木は笑って答えた。

「もちろん組織を作った連中がだよ」

青山が苦笑し、下村光子と神木のグラスにビールを注いだ。

「面白い譬《たと》えだが、そいつはやりたくても日本では出来んだろう。俺たちはＣＩＡでもＦＳＢでもない。日本にはそもそも諜報機関が無いんだからな。俺たち公安も、公安調査庁も、防衛省の情報本部も、みんな情報収集が精一杯、謀略なんか出来んよ。そんなレベルにないことは、公安出の君なら分かっているだろうが」

「たしかに。だが、俺たちが曲がり角にあるのは間違いないだろう。はっきり言うぞ。俺としては、あんたに幕引きの時期を間違えてもらいたくない。虫けらのような組織でも、つまらんヤクザ相手の仕事でも、俺たちは常に命を懸《か》けてきたんだ」

「おまえさんに言われるまでもない、分かっているだろう、組織を作ったのは俺だぞ。命を預かっている自覚は常にある」

「ほう、それじゃあ問題は無いのか。呼び出されたのはそういう話だと思っていたが」

青山は神木を見、それから下村光子に視線を移して言った。

「……神木に先を読まれたようだな……」

ひと呼吸おいて続けた。

「実は、俺は警視庁から離れる」

「なんだと？」

沈黙の間が出来た。

「異動だよ。総監が退官するんでな、ついでにこっちも飛ばされることになった。要するに、俺たちには後ろ盾が無くなったということだ。分かっているだろうが、俺が警察庁から離れたら、君たちのバックアップが難しくなる。本来なら申し送りの出来る人間を育てておくべきだったが、それが出来なかった。俺の責任だ」

「赤根さんでは駄目なのですか」

予想外の話に、青山を睨みつけるように下村光子が言った。赤根は警視庁の刑事部長として刑事部の要だった男だ。神木のチームに口出しはしなかったが、刑事部でただ一人青山と手を組んできた男である。

「それも駄目なんだ。赤根も異動だよ。彼は本庁の刑事部に行く。停年前の栄転だ」

「じゃあ、あんたはどこに行くんだ？」

「言っただろう、俺は警察を離れる。行き先は、多分、内調になると思う」

内調とは内閣情報調査室。いざという時のために警視総監が青山のために用意してあったポストかも知れない。

「なるほどな」

と神木は吐息をついた。

「問題は、察庁を離れて、どこまで君たちをバックアップ出来るか。そこを詰めなくてはならない」

「あんたのことだ、解散となった場合の処理は考えてあるんだろうな」

「ああ、それは考えてある。スタッフを路頭に迷わせるようなことはせんよ。だがな、解散なら簡単だが、君らも解っているように、苦労して育ててきたチームだ。こんな組織は他に無い。そう簡単に解散させる気はない。どういう形に変えて存続させるか……今、それを考えている」

「……異動はいつだ？」

「変則だから、実際にはおそらく二ヶ月後だろう」

「要するに、二ヶ月しかないんだな？」

「そういうことだ」

下村光子が訊いた。

「前の都知事はこのことをもうご存知なのですか？」

「いや。総監の停年のことは公のことだから知っているだろうが、俺が警視庁を離れることは知らないはずだ。知っているのは本庁のごく僅かの人間だけだ」

「私からお知らせしたらまずいのでしょうね」

苦い笑みを見せて青山が頷く。

「ああ、まずいな。あの爺さんのことだ、引退の身を忘れちまって、察庁に乗り込んだりしかねない」

だが、下村光子は微笑んだりはしなかった。

「なんだか……裏切られたような気がします……」

「要は警察組織の中に、俺の代わりがいさえすればいいんだ。予算はむろんだが、本庁の中に誰かが要る。たとえ理解者が居ても、他の省庁の人間では務まらんからな」

神木が銘々にビールを注ぎ足し、さばさばとした口調で言った。

「あんたの言いたいことは解った。たしかに俺たちはあんたたちのバックアップ無しには何も出来ん。要するに、やるとすれば、これが最後か……いいだろう、それで、俺たちの最後の仕事は何なんだ？　何もせんでいいってことじゃあないんだろう」

神木は青山に向き直った。

「抗争を防ぐ」

「ほう。これまでのように同士討ちをさせるんじゃあないんだな?」

「いや、そうは言っていない。まず、東京での抗争を未然に防ぐ。わかるか? 東京での抗争だけはなんとしても防ぐ。これは、他県で起きることを含んでいない、という意味だ」

「オリンピックの開催地でヤクザにドンパチやられたらまずいってことか。まったく恥ずかしいくらいの地域エゴだな」

苦笑する神木に青山が続ける。

「もちろん、それもある。だが、別の理由もあるんだ」

「どういう理由だ?」

「今の『新和平連合』の会長だ。こいつを生かしておきたい。佐伯光三郎は頭も切れるし、抗争が今の『新和平連合』にとってどれほどのダメージになるか分かっている男だからだ。『形勝会』のトップになった国原は何をしでかすか分からんが、佐伯なら今の時期に馬鹿なことはしない。『大星会』の船木も同じだ。問題は『形勝会』の国原慎一ということだ。これと『東進組』の辰巳が組むと話が厄介になる。そしてここに登場するのが君たちが上げてきた『三俠会』だ。抗争の芽を摘むということは、

『形勝会』の動きを封じて、同時に『三俠会』を潰すということになる。とにかくどんな荒業でもいいから、『三俠会』を潰すんだ。ただし、舞台は東京を離れた場所で、ということだ」

「『三俠会』の縄張りはY市だろう。東京が舞台にはならないだろう」

「ああ、おそらく舞台はY市になる。だが、ここで問題が出てくる。東京都の中ならバックアップが出来てもK県警のY市では俺のほうも手が出せん。都内での工作はいくらでも援助出来るが、Y市ではまず無理だと思ってもらいたい。『三俠会』の情報を集めることすら結構大変だったからな」

青山がため息をつくのも無理はない。警視庁とK県警はもともと相性が悪いのだ。マル暴から情報を取ることも難しい。

「だから、何かやるにしても、相手はヤクザだけではなくなるということだ。君らの動きを知られたら、相手はK県警ということになる。あいつらはヤクザよりもっと手強い。公安の動きなら摑めるが、あそこのマル暴の動きを摑むのは不可能だからな」

「あんたのところで出来ることは何も無いってことか」

「そういうことだ」

青山がため息をつくのを眺めて、神木はまた笑みを見せて言った。

「もし、俺たちの中の誰かが逮捕でもされたらどうなる？　そんな時も見殺しか」

「出来るかぎりのことはするが、そう覚悟してもらったほうがいい。だから、どんなことが起きても、K県警と揉め事は起こすな」

神木はまだ強張《こわば》った表情のままの下村光子に視線を移して言った。

「ということだ。さあ、どうする？　最後のミッションは孤立無援だそうだ」

「そのようですね……でも、やるしかないのでしょう？　私たちはそういうDNAを持って生まれたんですから」

と下村光子は微笑した。

三

午後四時のファミリーレストランの客は僅かしかいない。戸塚貴一はレジから一番遠い窓際の席に座り、出入りする客と離れた窓から見える駐車場の車の動きを見ていた。

Gパンとジャケット姿の髪の長い男が戸口に現れる。男は春日純一。レジの女性に何か言い、戸塚を見ると足を引き摺るようにしてやって来た。春日は膝が悪い。そしてて重度のシャブ中。歳はまだ三十ちょっと過ぎだというのに、見た目は四十代のように見える。

周囲に視線を走らせ、戸塚を認めるとほっとしたように頷く。向かいの椅子に崩れ落ちるように座り、掛けていたサングラスを外す。酷く痩《や》せ、眼窩《がんか》は落ち窪《くぼ》み、顔色もどす黒い。容貌は端整だが、伸びた髭《ひげ》とうす汚れたジャケット姿はホームレスを連想させる。だが、人の目を引き付けるのは、汚れた身なりのためではない。顔面の左、眉から顎の先端まで頬全体に肉の盛り上がった傷跡があるからだ。火傷《やけど》の傷跡……。サングラスで隠しているが、隠れているのは当然ながら目の周囲だけで、他人《ひと》目《め》にはつく。

「遅れて、すみません」

と言って潰れたマルボロの箱とライターを取り出す。

「ここは禁煙席だよ」

戸塚の言葉に、

「ああ、そうだった……」

と煙草とライターをジャケットのポケットに戻す春日の指は震えている。ウェイトレスがやって来るのを見て、春日が急いでまたサングラスを掛ける。

「コーヒー、ブレンド」

注文を記帳するとウェイトレスは戸塚に笑顔を見せて戻って行く。幸いなことにウェイトレスたちは戸塚には関心があって、春日に注意は払わない。それは戸塚が女なら誰もが見つめたくなるほどのいい男だからだ。警視庁時代の婦警の憧れだった戸塚の綽名は和製ジュード・ロウ。

戸塚はジャケットの懐中から封筒を取り出し、テーブルの上を春日に向かって滑らせた。

「今回は特別に三十万入っている」

「すみません、助かります」

春日は中身を改めることもせず素早く封筒を手にし、ジャケットのポケットにねじ込む。戸塚が小声で訊いた。

「……薬が切れているのか……？」

「いや。大丈夫です」

「それで、どうした、急に。何かあったのか？」

「どうも動きがおかしい」

「どうおかしいんだ？」

春日が落ち着き無く周囲に視線を走らせ、声を潜めて言った。

「西田が動かないんですよ。情報が確かなら、もう動いてもいいはずなんだ。それがヤサに籠もりっぱなしで、部屋から一歩も出ない」

西田竜二、ついしばらく前までは『三俠会』の二次団体『一興会』の会長だった男である。その西田は『三俠会』の会長の高木から破門され、二次団体『一興会』会長の座を追われると、その後、隠れ家らしいアパートに籠もった。もっとも一人ではなく『一興会』の組員二人を連れていると、監視を続けているこの春日から聞いた。

「子分たちが消えたのは昨夜からですよ。女でも呼んだのかと思ったんですが、誰も来ていない」

戸塚が『三俠会』と『一興会』の動きを手に入れるようになったのは、この春日の働きが大きい。春日の前身は『三俠会』の企業舎弟で、会長が初代の山下信久だった頃、彼が所有するクラブ『クラブ・華』の店長だった。企業舎弟ながらなかなかのやり手で、『三俠会』の内でもそれなりに顔を売り、幹部から信頼されるまでになった。

春日が蹶躓《けつまず》いたのは『クラブ・華』のママと関係が出来てしまったからである。ママの理香は会長だった山下の女で、それで二人は組織から追われる身になった。さらに四百万の売上金と拳銃一丁まで持って逃げたから、組からとことん追われた。眉から顎まで延びているケロイド状の傷跡は、その時に捕まって、当時『一興会』の会長だった高木たちにバーナーで焼かれたものである。

戸塚から見れば、親分の女と拳銃を持ち出して逃げた罪にしては軽すぎると思う制裁だが、これにも訳があると春日から聞いていた。本来なら殺されて海にでも放り込まれるはずが、そうならなかったのは、当時『三俠会』会長の運転手をしていた光岡という男が助けてくれたからだったという。『一興会』会長の高木と『三俠会』の客分だった林健一が春日とママの理香に制裁を加えた後、光岡は「殺してどこかに埋めろ」という林の指示を守らず、密かに二人を逃がしてくれたという。この光岡高次がなぜ二人を助ける気になったか？

「たぶん、そいつは俺と同じで、光岡さんが在日だったからじゃあないですかね。実力があるのに、当時の光岡さんは会長の運転手なんて冷や飯を食わされていたから」

と春日は言った。戸塚は、実はこの話を信じていない。そもそも春日はゲイで両刀遣い、おそらく光岡という男とそれなりの関係だったのではないかと考えている。だから春日が現在持って来る情報源は、おそらくその光岡の周辺からだ。

「西田が一人だというのは、間違いないんだな？」

「ええ、間違いないですよ。部屋にいますよ、一歩も出ていない。俺のいない間は菅《すが》谷《や》がずっと見張っていたから、間違いない」

西田の監視は、この春日と彼が東京のはずれで経営しているスナック『のぞみ』の店員の菅谷という若者と交代で続けている。

「飯を食いに外出しないのは、たしかに変だな」

「自炊が出来るような奴じゃあないですからね、西田は」

「それにしても、気の毒だな。あんたには店の仕事もあるだろうに」

華やかなクラブの店長だった春日はため息まじりで言った。

「理香がいなけりゃ、どうせ店は閑古鳥《かんこどり》ですよ。これだけ貰えば一週間休んだってどうってことはない」

「ところで、彼女の具合はどうなんだ？」

「駄目ですね……俺が減らしたぶん、あいつの量が増えちまって」

量とは覚醒剤のことである。

戸塚は一度だけこの理香という女に会っている。評判の美女だった面影は今も変わらず、春日が破滅覚悟で理香と出来たのも分からなくはなかった。春日と違い、理香の顔には傷ひとつない。だが、制裁は当然受けていて、焼かれた場所が顔ではなく性器だったという違いだけで、むしろダメージは彼女のほうが大きい。排尿のための器官も焼けただれ、そのために二度手術をしたのだと本人から聞かされた。

コーヒーが運ばれて来ると、戸塚は冷めたコーヒーを一口飲み、ウェイトレスが立ち去るのを待って続けた。

「さっきの続きだが、西田の破門が茶番だったというのは、これは間違いないんだな？」

春日は熱いコーヒーを顔を歪めるようにして飲み、答えた。

「ああ、絶対間違いないです。俺たちは西田が『東進組』の辰巳と接触したことも分かっているんだ。前に話したように、『東進組』は『大星会』の二次団体ですよ。そもそも普通なら破門された西田が『東進組』の組長に会えるはずがないでしょうが。一応、破門状が出ているんだから。しかもこの『東進組』の辰巳と会っているのは西田だけじゃない。『三俠会』の林とも繫がっているんだから、破門が茶番なのは間違いないです」

『東進組』の上部団体はあの『大星会』である。全国に網を張るように下部組織を持つ日本最大のテキヤ組織だ。そして、この『大星会』の上には『新和平連合』が存在する。つまり地方のヤクザ組織『三俠会』が『新和平連合』の系列に入るということか？　それならどうして西田を破門なんかにして『東進組』の辰巳に接触させる？

傘下に入る話し合いなら『三俠会』会長の高木が直接『東進組』の辰巳に会えばいいだけの話ではないか。分からないのはここだけではない。決して弱小組織とは言えない『三俠会』ならば、稼業違いのテキヤ組織の『東進組』ではなく、直接『新和平連合』の幹部と接触するのが自然ではないか。

戸塚は一人で動いたことを後悔した。『会社』で動けば盗聴も可能だし、監視の手を拡げることも出来る。

コーヒーを飲む春日の携帯が鳴った。

「どうした？」

携帯を耳に当てた春日の顔が緊張に歪む。

「解った。もういいからそこから離れろ！　俺を待たなくていいから逃げろ！」

携帯を切って春日が言った。

「菅谷からです。男が五人来たそうです」

「組員が戻ったのか？」

「いや、やって来たのはどうも『三俠会』の連中でも『一興会』でもないみたいで。俺、ちょっと行って見て来ますわ」

戸塚はそうしろ、と言い、

「深追いするなよ、危険は避けろ」

と念を押した。頷いた春日が足を引きずりながら立ち去るのを目で追い、戸塚は自分の携帯を取り出した。一ヶ月以上も連絡を取らなかった自分をチーフの神木はどう思っているだろうか。この情報の処理は自分ひとりでは無理だ。やはり『会社』で動くしかないだろう。『会社』なら正確な分析が出来る。逡巡《しゅんじゅん》は短く、戸塚は意を決して『会社』のダイヤルに指先を当てた。

戸塚が春日という情報屋を手に入れたのは偶然だった。戸塚は江満辰夫が出所する一ヶ月ほど前にY市に入り、江満が戻ると考えた『三俠会』の情報収集を始めた矢先に、深夜、予想外の出来事に遭遇した。『三俠会』の組事務所の近くにあるビル地下の駐車場で春日が『三俠会』の若頭の林健一を襲ったのだ。その時車に乗ろうとしていたのは林健一と三人のガードだった。林が車に乗り込もうとするところを春日はチャカを手に、

「死ねっ！」

と至近距離まで接近し引鉄を引いた。この林健一が実際に春日の顔をバーナーで焼いたのだという。春日は引鉄を引き続けたが銃弾は一発しか発射されなかった。運が

良かったのか悪かったのか、初弾は至近距離からなのに外れた。この時春日が手にしていた拳銃は自動拳銃のベレッタというヤクザが手にするには高級なものだったが、二発目がジャムを起こし発砲出来なくなったのだった。ジャムとは排出される薬莢が引っかかり次弾が薬室に入らなくなった現象である。

林はからくも子分の一人の運転でそのまま逃げ去り、その後、春日は呆気なく残った二人のガードに捕まった。弾丸が詰まったことを知ったガードのふたりはいとも簡単に春日を叩きふせ、彼を痛めつけた。

この時、春日を助けたのが偶然にも『三俠会』への人の出入りを監視していた戸塚だった。ガードは素手で、春日から取り上げた拳銃も薬莢が引っかかったままだったから、この二人の制圧は難しくはなかった。戸塚が近付いても二人はただの目撃者だと思っていたから油断もあった。戸塚は一人を背負《せお》いでコンクリートの床に肩から叩きつけ、もう一人は足払いで横転させ、裸締めで簡単に落とした。

助けられた春日は、一瞬のうちに屈強なヤクザ二人を投げて失神させた戸塚に、啞然とし、

「……あんた、いったい誰なんだ……！」

と尋ねた。

「どうやらあんたと同じらしい。俺はこの組にいたある男にでかい貸しがあるんだ」

戸塚はこの時そう答えている。

このことがあって以来、春日は戸塚の貴重な配下となったのだった。

戸塚はファミリーレストランを出ると車に戻った。春日の報告次第《しだい》で東京に戻るか。

戸塚の携帯に応答したのは苦手な下村光子。『会社』のスタッフにはチーフの神木以外に序列はないが、間違いなく彼女はナンバーツーという存在で、まず戸塚をうっとり眺めたりはしない女性だ。

「厳罰ね、規則違反。所在は分かっていたけど、無断行動は懲戒もの」

予想通りの反応だった。

「あなたソウルから戻って今、Y市にいるのよね。だったら直ぐに戻って。これはチーフの厳命」

「分かった。ただ、今直ぐには戻れない。まだ遣り残したことがあるんだ。それが済み次第戻る」

「済み次第だなんて駄目。こっちも緊急に打ち合わせをしなければならないの。なるべく今日中に戻るように。遅くても構わないから逐次連絡を入れて」

「何か、あったんですかね、緊急な事件が？」

「暢気《のんき》なことを言わないで。緊急な事件を報せてきたのはあなたじゃないの。緊急事態は『三俠会』の件ですよ。分かった？」

戸塚は仕方なく「分かりましたよ、今日中に戻ります」と答えて通話を切った。

なるほど、関口が報告したことで『会社』はすでに『三俠会』の動きを分析しているのだ。苦笑して車のエンジンを掛けたところで携帯が振動した。春日からだった。

「なんだか、やばいことになったみたいで」

声が僅かながら緊張でうわずっている。

「西田が拉致された……」

「拉致？」

「五人の男に囲まれて車で連れて行かれるところで。なんなら尾行できますが？」

「いや、止めろ。そのかわり、見えるんなら車のナンバーだけ控えてくれ」

「見えますよ、控えます」

西田はどこへ連れて行かれる？　連れ出した五人はどこの組員なのか？　事態は戸塚が予想もしなかった方向に動き始めているようだった。

四

ベンツとミニバン、二台の車は高速に入った。東京にでも向かうのかと思ったが、二台の車は下り線に入って行く。

「間に車を入れるからな、よく見ていろよ、黒いバンだ」

助手席の菅谷に春日は言い、後ろに二台の車を入れる形でベンツとバンの後を追った。高速は比較的すいていたが、それでも車の流れは多い。陽も落ちはじめ、周囲は薄暗くなってきている。

戸塚に「無理をするな」と言われていたが、結局、春日は西田をアパートから連れ出した五人組を追ったのだった。西田を連れ出した連中の車は二台で、西田はベンツではなく、先を走るミニバンに乗っている。これだけでも事態が異常な方向に進んでいることが解った。

西田は破門の身とはいえ、つい先ごろまでは『一興会』の会長だった男である。どこかに呼び出されるにしても、普通ならベンツの後部シートに座っていて当たり前だろう。それが二人の男に囲まれる形でミニバンの後部シートに乗せられたのだから、これは絶対に拉致だ、と春日は確信した。

だが、拉致した連中はどこの組員なのか、それが判らない。見知った顔は一つもなく、『三俠会』や『一興会』の組員でないと思った。組から離れてだいぶ経つが、五人もいれば一人くらい知った顔があるはずなのだ。では、五人組はどこの連中なのか？　もちろん『一興会』には敵が多い。Y市の港湾地域の縄張り抗争をやらかしたのは『一興会』だし、どこかの組に恨みを買っていてもおかしくはない。だが、引っかかるのは前夜に護衛だった西田の子分が突然居なくなったことである。どう考えても自然な流れではない。

春日が戸塚の許《もと》から戻った時点で西田はまだアパートにいた。だが、タイミングはぎりぎりだったようで、監視役の菅谷を拾った直後に五人のヤクザが西田を囲むような形でアパートから出て来たのだった。ベンツのナンバーを控えた春日は僅かの逡巡の後、彼らの車の後を追うことに決めた。どうしても五人組の正体を知りたかったからである。

むろん、そんな行動が危険だという思いはあった。それでも好奇心の誘惑のほうが強かった。一体どこへ西田を連れて行こうとしているのか？　頭に浮かんだのは好奇心だけではなく、ひょっとしたらこれが金になるかも知れないということもなかったわけではない。破門が茶番なら、西田の行方は『三俠会』や『一興会』でも気にするはずだ。正体を隠して報せてやれば、組は春日とは知らずに報酬を出すかも知れない。『三俠会』から金を搾《しぼ》り取れれば、それなりの報復にもなるか、と春日は頰の傷跡を歪めて小さく笑った。場合によっては正体不明の五人組に、警察にチクると脅す手もある。

東京とは反対の路線を選んだ車は予想に反して、それから小一時間も走り続けた。

「マスター、まだ追いかけるんですか？」

と萱谷が心細そうに訊いてきた。まだ十九歳の萱谷は修羅場を知らない。暴走族にいっとき所属していたらしいが、パシリだった程度の若者に度胸などありようもない。監視役に使えるだけで、まずそれ以外の役には立たないバーテンだった。連れて来て可哀想な気がしたが、ここまで来たらどうしようもない。

「ああ、あいつらが行き着く先まで追うんだ。何が起こるのか見届けないとな」

「ガソリン、あんまり無いっすよ」

と萱谷が計器を見て言った。時速九十キロでベンツを追う春日の車は十年落ちの中古車である。四気筒の内の一つが調子悪いのか、アクセルを一杯に踏んでもさほど速度はあがらない。もしベンツが高速で走ったら、とても追いつける車ではないポンコツなのだ。有難いことに速度違反で警察に停められることを気遣ってか、二台の車は時々百キロを超える程度で走り続けている。

バンが高速を下りた。走りはじめてからすでに小一時間も経っている。下りた地点は多分F県、聞いたことのない地名だった。さして大きくない市街地を抜け、前のバンは絵に描いたような農村地帯に入った。二車線のゆったりした道路に、今は行きかう車はほとんどなく、まずいことにバンと春日の車の間には障壁になる車が無くなった。

春日は仕方なく用心のために車間を二百メートルほどあけた。周囲は暗くなりバンの尾灯だけを追う形になったが用心に越したことはない。ただ点けたくないライトを仕方なく点けた。左右は田圃《たんぼ》が広がり、ぽつんぽつんと農家が薄暗い闇の中に点在している。一軒ガソリンスタンドを見つけたが、給油している余裕はない。帰路にここで給油すればいいと、春日は言うことを聞かないアクセルを強めに踏んだ。

バンが右折したことがテールライトの動きで分かった。少し間をつめて春日もその後を追った。車間距離は百五十メートルほどになった。車間をつめた代わりにライトを落とした。闇は薄暗がりでライトを消しても何とか月明かりで走れる。春日はまだ掛けていたサングラスを外した。

「マスター……」

「何だ？」

「前の車……一台っすよ」

「え？」

「バンの前にベンツいたでしょう」

「ああ。ベンツがどうした？」

「いなくなってますよ」

「なにっ」

目をこらしたが、前方には赤いテールランプが二つ見えるだけだ。その前を走っているはずのベンツは角度からもよく見えない。

「本当か？　どうしていなくなったって分かるんだ？」

「さっき曲がった時に変だな、って思ったんですよ。距離はなされたのか、バンしか見えなかったから」

嫌な気がした。だが、すぐに思いなおした。高級車のベンツがバンと距離をあけるのは自然の成り行きだ。

「いいからしっかり前の車を見ていろ。俺は目が悪いからな」

一瞬、戸塚に連絡を入れておこうかとジャケットのポケットに手を伸ばしたが、止めた。追跡なんか止めて戻れ、と言われるだけだ。それに、この追尾はべつに戸塚のためだけでは無くなっている。ひょっとしたら『一興会』か『三俠会』から金を引っ張れるか、あるいは五人組を脅して金を出させるシノギが出来るかもしれないのだ。

田圃を抜けると緩い坂道になった。周囲は田圃から畑にかわり、そして森林になった。道路は相変わらず二車線だが、さっきの道よりだいぶ狭くなっている。道が突然一車線になり、周囲はかなり暗くなった。春日は仕方なく車間を広げ、二百メートル以上の距離をあけてライトを点けた。上り坂は一本道で、相手の車をまず見失うことはないだろう、と思った。

前方に停まっている車のテールランプを見つけたら、そこが目的地で、こっちは様子を見て引き揚げればいいのだ。見つかるかも知れないという不安はもちろんあったが、カーブが始まっているから、距離をあければライトを点けても気づかれる可能性はかなり低くなるだろうと、そう思うことにした。明かり無しでは、こっちが事故を起こす。

道路の両側は森林が続き、時々、小さな畑が現れたりして、再び樹木が密集した森林に戻った。

「どこまで行くんすかね」

「分からねぇ」

春日はハンドルを片手で操作しながらポケットから煙草を取り出し、曲がっている煙草を咥えた。

「火……」

助手席の菅谷が慌ててライターを取り出し春日の煙草に火を点けた。火が点いたところで菅谷が「あっ！」と言った。煙草から視線を上げ、前方を見た。菅谷が叫ぶように言う。

「いた！　停まってる！」

春日は慌ててブレーキを踏んだ。つんのめるようにして車が大きなブレーキ音を立てて停まった。夜の闇にブレーキ音はまるで汽笛《きてき》のように響きわたったように春日には思えた。

「マスター、やばいっす！」

春日にもその意味が分かった。どこで転回したのか、停車しているバンのライトは春日たちのほうを向いているのだ。春日はもう無駄だろうと思いながら、慌ててライトを消した。発見されたことは間違いない。もう逃げるしかなかった。春日は懸命にハンドルを操り、転回を始めた。幸いに四、五十メートルほど離れたバンはライトでこちらを照らすだけで動き出す気配はない。何度か必死の切り返しを続け、やっとの思いで車の向きを変えた春日は、「うっ……！」と呻いて、前方を見つめた。三十メートルほど下った薄い闇の中にライトを消したベンツが停まっていた。そのライトが点いた。眩しい。

「……マスター……！」

返答が出来ない。冷汗が噴き出た。ベンツをすり抜けて逃げるほどの道幅はない。ベンツから男が二人降りて来た。スーツを着込んだ二人の姿がライトに浮かぶ。男たちがゆっくり歩いて来る。春日はバックミラーに視線を走らせた。後ろからも男が二人、ライトを背にして浮かんで見えた。

「罠に……嵌《は》まった……」

今になってベンツが先行したのではなかったことに気づいた。ずっと前から奴らは春日たちの追尾に気づいていたのだ。いつの間にか背後に回られたのだ。ベンツの二人のうちの一人が近付き、春日の顔にハンドライトを当て、ドアのガラスを小さく叩いた。仕方なくガラスを開けた。

「兄さん、あんた、どこの者だ。なんでわしらの車つけとる？」

答えようがなかった。男はドアを開け、言った。

「免許証見せてもらおうか」

春日は諦めてジャケットの内ポケットから財布を取り出して男に渡した。

「……春日純一……聞かん名だな。もう一度訊くが、あんた、なんで後をつけた？」

もう逃げようがないことが春日には解った。何故後をつける気になったのか、悔やんでも悔やみきれない思いだった。

「……私らは別荘に行こうとしていただけです」

男が笑った。

「ここはたしかに別荘地だがな、あいにくこの先に別荘は一軒もないんだよ。降りろや」

仕方なくドアを開けて降りた。助手席の菅谷も同じように車を降りた。バンから降りた二人も今は春日の傍に立っている。

「どこの者です？」

後ろから来た男の一人が訊いた。こちらの二人はブルゾンを着ている。スーツの二人よりずっとがたいがいい。手に何か持っている気がしたが、確かめる余裕はない。

スーツの一人が言った。

「判らんが、デカじゃねえ」

免許証を手にする男が答えた。

「面倒ですね、殺りますか」

「馬鹿。運ぶだけ手間だろうが」

春日は本能的に逃げ場を探し、視線を走らせた。森の中に逃げ込むか、と一瞬考えたが、足の悪い春日には走って逃げられるはずがない。菅谷も春日と同じことを考えたらしく、こちらは決断も早く、即座に森に向かって素早く身を翻した。

だが、この逃走は失敗した。バンからやって来た男はそれを予測していたらしく手にしていた何かで菅谷の足をすくった。菅谷はもんどり打って転倒し、「あーっ」というような悲鳴をあげ、路上で向こう脛《ずね》を抱えてのたうち回った。嗤《わら》って見下ろすブルゾンの男の手にあるものはスコップだった。

「殺っちまいましょうか、こいつ」

スコップ男がそう言うと、ライトを持った男が舌打ちをした。

「言っただろうが、馬鹿かおまえ。歩けなかったらてめぇが担げ、まったく」

もう一人、腕を組んで成り行きを見ていたスーツの男が初めて口を開いた。

「こいつら、バンに連れて行け。こいつらの車はこのままでいい。後で移動する。逃げられんように気をつけろ」

とブルゾンの男たちに命じ、春日に向き直って言った。

「後で何でわしらをつけたのか訊く。あいつらは気が荒いからな、大人しくしとらんと本当に殺られるぞ」

春日は呻く菅谷を抱え、追い立てられるようにしてバンに向かった。

第三章　窮地《きゆうち》

一

ホテルの玄関口から車寄せに出ると、片山雄一《かたやまゆういち》は突然襲ってきた眩暈に耐えられず石柱に寄りかかって大きく息をついた。車寄せに立つホテルの従業員はそんな片山の様子に気づいても声を掛けたりはしなかった。それは片山が普段から厄介なヤクザだと知っているからだ。事実、片山は『三侠会』では会長高木俊治のボディガード兼運転手だが、これはヤクザの出世コースで、組内では幹部候補の最右翼という立場にまで上っている。

息を整えると片山は何とか第二駐車場に向かって歩き出した。Y市の丘陵に聳《そび》え立つ日洋《にちよう》プリンセス・ホテルは市街と港湾が一望出来るY市で一、二の高級ホテルだ。

市内のホテルと違って敷地は贅沢なほど広く、都市型ホテルと観光ホテルの中間のコンセプトで外国人客も多い。建設は四年前。日本資本だが外資系ホテルに負けてはならじと、客室の広さは日本のホテルでは珍しく六十平米ほどもある。唯一の欠点は駐車場が二か所で、その一つは地下ではなく屋外にあって、玄関口からおよそ二百メートルほども歩かなければならない。

今日は地下の駐車場が満車で、片山はベンツを野外の第二駐車場に停めてある。車寄せから駐車場は坂下にあり、茂った樹木のために見ることは出来ない。車寄せから駐車場に向かう歩道は樹木だけでなくさまざまな草花で拵《こしら》えられた散歩道のようで、気に入った女とでもそぞろ歩けばそれなりに気分の出る小道なのだろう。

だが、眩暈に苦しみながら歩く片山には樹木や草花の美しさなどどうでもよかった。眩暈だけでなく吐き気も加わり、片山は生唾を何度も吐いて歩いた。生唾にはうがいをしてもまだあの匂いが混じっている気がする。牝《めす》の匂いと強烈なニンニクの匂いだ。吐きそうになり、片山は下り始めた小道のところで樹木の幹に手を掛け、懸命に吐き気を堪えた。行きかう人の姿がないことが有難かった。

樹木の間から見える空を見上げてため息をついた。この気分の悪さはシャブの射《う》ちすぎか。

興子《きょうこ》に責められ、へばる片山に興子はシャブを射てと命じる。シャブの効果は絶大で、意思にかかわらず片山は奮起する。ただし、それほど長くは持たない。耐性が出来たのか、それとも用心して使用量が足りないのか、一時間もすれば興奮は醒める。抱要するにシャブの力をいくら借りても、もう興子の相手は片山には無理なのだ。抱きつかれれば性的な興奮よりも嫌悪感が押し寄せる。何とかこの関係から逃れる術はないのか、と考えてはきた。ひとつ方策があるとすれば、それは興子から飽きられ、棄《す》てられることだ。

だが……それはかなり難しい。自分と同じように関西から来た片山に興子はまだ飽きた様子はないのだ。飽きられてのことならおそらく危険はないだろうが、他の理由で別れることは相当の危険をともなう。興子に嫌悪されるということは同時に片山の組内での立場も危うくさせることに繋がるからだ。なぜなら、高木興子は『三俠会』会長高木俊治の妻であり、若頭林健一の実姉だからだ。会長の高木がこの妻に頼りきっているのは周知の事実で、彼女は『三俠会』に隠然とした力を持っている。この興子に気に入られた片山は、それを武器に今の幹部にまでのし上がることが出来た。

飽きられて棄てられればおそらく興子は何もしないだろうが、片山の意思で別れでもしたら、何をするか分からない。だが……飽きられるまで耐えることが出来るだろうか。少なくとも今の興子は飽きることなく片山を貪《むさぼ》りつくす。いや、これは決して大げさな表現ではない。まさに貪るという言葉以外に形容のしようのないほど興子は片山を責めまくるのだ。

あらゆる体位でのセックスを要求し、まるで飽くことを知らない。片山が用をなさなくなるとシャブを打たせ、自分が疲れるまで放さず行為を命じる。舌での奉仕を命じ、気分によってはＳＭまじりの行為をさせる。当然、片山はＭの側だ。普段は若い連中を情け容赦《ようしゃ》なく痛めつけている自分が興子のいる部屋ではまるで豚のようになって服従させられる。片山の腹や背中には子分たちには見せられないハイヒールの踵《かかと》で踏みつけられた痕や煙草の火を押し付けられた痕などが無数に出来ているのだ。

ふらふらと力ない歩行で、それでも何とか駐車場に着いた。広大な駐車場に駐車している車は少ない。有難いことに停めたベンツは駐車場の入り口に近い。肩で息をつきながら、片山は何とかベンツの運転席に転がりこんだ。ハンカチを取り出し額に浮かんだ脂汗を拭く。吐き気はまだ収まらない。ハンカチを膝に置き、片山は携帯を取り出して事務所の若い衆を呼び出した。

「三俠会！」

という若い衆の声。

「わしや……何かあるか」

相手は若中の喜田《きだ》の声だ。こっちが名乗らなくても喜田には片山の声が分かっている。

「変わりはないっす！」

「……体の調子が悪いんでな、このまま帰るで」

ベンツの持ち主の若頭・林は義理事で会長の高木と一緒に九州に行っていて今日はいない。博多《はかた》での会の後は二人とも別府《べっぷ》で休養という予定だから、帰宅しても問題はないはずだった。

「分かりましたっ！　ご苦労さんですっ！」

威勢のいい若いもんの声が耳に刺さり、片山は顔をしかめて携帯を切った。ため息をつき、エンジンをかける。ギアーをバックに入れ、車が動き出したとたんに警報が鳴り、車が何かにゴツンと当たった。慌ててバックミラーを見ると、男が一人、立っていた。当てたか？　軽いショックだったが、歩行して来た男に当ててしまったのなら具合が悪い。片山は舌打ちをして車から降りた。屈んでいる男は中年の小柄で貧相ななりをしている。男は膝のあたりを抱え、恨めしそうな顔で片山を見上げた。

「当たったんか？」

と言う片山に、男が喚いた。

「なんだ、その言い方は！　人に車当てておいて当たったんか、はないだろうが、馬鹿野郎！」

「分かった、分かった、すまん、すまん。大したことないんやろ。これで勘弁してえな」

男が大した怪我でもないと知り、ほっとすると同時に大げさに騒ぐ相手に腹立ちもあったが、トラブルを避けようと、片山は財布を取り出し二万の札を差し出した。

「馬鹿野郎！　そんなはした金で済まそうって言うのかよ！　ふざけんな！」

相手の様子を考えれば二万でも多すぎる金だった。

「おい、おっさん。おまえ、誰に物言うてるんか分かっとるんか？」

片山は信じられない思いでそう凄んだ。片山の外見は今どきのヤクザとしてはまず落第点。一目でヤクザと分かる風貌なのだ。それにもかかわらず貧相な中年男には怯む様子がない。こいつは阿呆か？　だが、すぐに分かった。こいつはプロの当たり屋に違いない。片山のヤクザな血に火が点いた。

「こら、おのれ、わしを舐めとるんか？　臭い芝居しよって、ええ度胸やのう。もうちっと痛い目に遭わせたろうかい、このボケ！」

ジャンパーの襟首を摑んで引き起こした。驚いたことに相手は怯むどころかより一層大きな声で怒鳴り始めた。

「人に車ぶつけといてふざけんな！　ヤクザなんか怖くはないぞ、出るとこ出るか、このクソ野郎！」

啞然とした。カタギの人間でヤクザに脅されて怒鳴り返す者など、これまで見たことがない。

「この……腐れ……」

と拳を振り上げた片山は、後ろにいつの間にか車が停まっているのに気づいた。停まっているのは大きな車だ。トヨタのミニバン、アルファード……。『三俠会』でも幹部クラスの送迎用に使っている高級車だ。運転席と後部シートから男が二人降りて来た。一人は茶髪のほっそりした男で、もう一人、後部シートから降りて来た男の体格に片山は啞然とした。でかい……。身長はゆうに一八〇センチ以上はある。まるでプロレスラーじゃねぇか……！

「おう、どうした？」

と、そのでかい男が言った。啞然としている片山をいいことに襟首を摑まれている男が笑いながら言った。

「この野郎、俺に車当てておいて、この腐れ、ときた。まったく呆れてものが言えんよ」

摑んでいた手を相手にふり解《ほど》かれ、片山はやっと気を取り直した。相手はカタギではない……？　同業か……？　だが、三人三様でなりが違い、どういう連中なのか判断に迷う。ただ、片山もボディガードが役目だから喧嘩にはそれなりに自信があった。空手は黒帯にまでは行かなかったが茶帯の腕前だったし、なにより野試合で腕を磨いてきた。野試合とはストリートファイトのことである。

片山はもう一度新たに登場してきた男たちを見た。当たり屋の中年と茶髪の男はともかく、でかいゴリラのような奴は間違いなく同業者だ。それは匂いで分かる。そもそもヤクザの組織が数えきれないほどあるY市だから、片山が顔を知らないヤクザがいてもおかしくはないが……こんな男ならすぐに名は知られるだろう。でかい男にはそれほどの迫力があった。それにしても……どこの連中か。咄嗟《とっさ》には見当がつかない。

「こいつは俺のダチだが、あんた、車当てておいて暴力はまずいんじゃあないの」

でかい男が笑ってそう言った。

「怪我なんかしちゃあいねぇ。大げさなこと抜かしやがって……おどれ、どこの組のもんや。わしは『三俠会』の片山や。これ以上文句があるんやったら、組まで来いや。話はそこで聞いたるわい」

片山はそう言って男たちに背を向けた。相手がカタギなら、出た組の名で縮みあがる台詞だ。

「待てよ」

案の定、でかい男が呼び止めた。

「このまま黙って帰る気か？　それはないだろう、兄ちゃん」

兄ちゃんやと……！　舐めやがって。かっとしたが、興子の相手で精も根も尽き果てている片山としては、何としてもここは逃げたい心境だった。口では凄んでみたが、一人ならともかく、三人相手にして暴れるような気力もない。それでも何とかせんと……。片山は相手の言葉を無視してベンツのドアに手をかけた。非番の日なのでチャカはないが、その気になれば車にはドスくらいは用意してある。

「聞こえなかったか？　このまま帰すわけにはいかんぜ、兄ちゃんよ」

でかい男の台詞と同時に脛を当てられたはずの貧相な男が片山の肩に手をかけた。

「逃がすもんか、この野郎！」

片山は振り返りざまに男の頬を裏拳で殴り飛ばした。と、思ったが拳の裏は男に当たらなかった。手首をでかい男の万力のような手で掴まれていた。

「なんだ、ここでゴロまく気か？　それはまずいだろう、片山さんよ」

でかい男の手がぎりぎりと片山の手首を締め上げる。

「仕方がないな、顔貸してもらおうか」

凄まじい力で片山はでかい男に引きずられた。

「は、放せ！　ぶっ殺すぞ！」

片山は使えない手の代わりに男の膝の上を蹴りつけた。ここを上手く蹴れば大男でも歩けなくなる急所だ。蹴った革靴の足は相手の強靭《きょうじん》な腿の筋肉で逆に弾き飛ばされた。次の瞬間、片山は宙を飛んでいた。片山は固いアスファルトに腰から叩きつけられた。あまりの衝撃に息が出来ない……。衝撃に腰の骨が砕けたと思った。でかい男が腰を屈めて片山に言った。

「ダメージを与えないように気を使って腰から落とした。今度生意気なことを言ったら首から落とすぞ。兄ちゃんを殺すくらい指二本で出来る」

やっと息をつき、この男の言うことは本当だろうと思った。こいつは……まるでゴリラだ……！

「……おどれ……どこの組のもんや……」

ゴリラのような男が歯を見せて笑った。

「なんだ、おまえわしらを同業だと思っているのか」

「なんやて？」

「バカかおまえは。俺たちは公僕だよ、公僕。おまえはデカを轢《ひ》き殺そうとしたんだ。大人しく俺たちの車に乗れ。つべこべ言うとワッパ掛けるぞ、馬鹿が」

片山はまた酷い眩暈にくらくらとなってベンツに寄り掛かった。マル暴のデカか……！

「さあ、おとなしく車に乗れ。ちょっと話がしたいんでな。つべこべ言うと本当にワッパかけてしょっぴくぞ」

片山は、「分かりました」と言うしかなかった。

車が停まった場所がどこかは分からなかった。相手のでかい車に乗せられた途端に目隠し代わりのアイマスクをつけられたためだ。それでも片山は何かの映画で観たように、車がカーブを切るたびに右が何回、左が何回と数えながら連れて行かれる場所を探る努力をしてみた。だが、途中から右が何回かも分からなくなり、距離感も失われた。それでも車が走っていたのは二十分くらいだったから、Y市からは出ていないのだろうと思った。

「わしを……どこに連れて行くんですか？　署やないんですか？」

と訊いたが返事はなかった。助手席の男がウィンドウを少し開けたらしく、冷たい風が片山の頰に当たる。ひんやりした空気には微かながら潮の匂いがする。もっともこれは気のせいかも知れなかった。

「おい、わしをどこに連れて行く気や！　おどれ、デカやないな？　やっぱヤクザやろ！　降ろせ、降ろさんかい！」

「煩いのう」

助手席の茶髪が隣のゴリラに言う。

「あんまり煩かったら、これ」

「ああ、そうしよう」

何か針のようなものがスーツの布越しに腕に刺さった。すぐ注射針だと分かった。

一瞬で片山は意識が無くなった。

　頭を何度も叩かれ、片山はやっと覚醒した。片山はパイプ椅子に座らされていた。水を掛けられたのか全身びしょ濡れだった。慌てて周囲に目を走らせた。倉庫のような広い空間だ。目の前に大きな会議用テーブル、テーブルの上に二つの電気スタンド。その明かりに浮かぶ女の顔……。テーブルの向こうにスーツ姿の女が座っていた。隣に中年の男。こいつは役人風で、パソコンを眺めている。片山を連行した三人は片山の後ろに立っていて、ゴリラ男がそのでかい手を片山の右肩に置いている。まるでグローブのような手だ。ワッパは幸い掛けられていないが、この手で押さえられていれば、どのみち逃げられはしない。片山は濡れた体を震わせながら後ろに立つゴリラを振り返った。ゴリラが微笑して頷いた。

「片山雄一さんですね」

と向かいの女が手にしたバインダーを開き、書類を見ながら言った。歳は三十くらいか。眼鏡をかけている顔は落ち着きはらっている。それにしても、どうして名前まで知っているのか……すぐに分かった。テーブルには片山の所持品が並んでいる。財布、ハンカチ、煙草に百円ライター、手帳、そしてパケに銀紙に包んだスプーンとケースに入った滅菌ガーゼに注射器……！　片山は蒼白になった。

「返事をして。片山さんに間違いないですね」

片山は呆然と女の首から下がっているケースを眺めた。身分証だろう。やっぱり、こいつらは刑事なのか？　だが……Y市のマル暴でこんな顔の刑事は見たこともない。それでは、どこの所轄なのか？

「あんたら……刑事ではないんか？」

「警察ではないですよ。私たちは厚労省」

「厚労省？」

「麻薬取り締まりが仕事」

やっと分かった。こいつらは麻薬取締官だったのだ。マル暴ではなかったが、麻取りの刑事ではもっと始末が悪い。

「覚醒剤所持の現行犯ですね。でも、この量だと売人ではない……あなたには覚醒剤所持に関する前科もないのね」

「こいつは……わしの物ではないんですわ、預かり物で」

あまり意味のない弁明だと、言った後で気が付いた。腕を調べれば針痕はすぐに分かる。

「私は村上《むらかみ》といいます。よろしく。もう分かっていると思うけど……これは正規の取り調べじゃないから、そんなに緊張しないで」

そう言えばと、片山は周囲に目を走らせた。正規の取り調べなら麻取りの取調室に連れて来られたはずだ。だが、ここは何だ？　暗さにもやっと目が慣れて、ここがどんな場所かは分かる。壁際には片山が座らされているものと同じパイプ椅子が十脚ほども積まれている。壁際にはキャビネットがずらりと並び、その前には段ボール箱が何十と積まれていた。離れたところにある機械は車のジャッキだ。太い支柱に圧搾空《あっさく》気を注入して車を持ち上げるやつだ。天井から、これも電気で操作する太いチェーンも幾つかぶら下がっている。片隅の壁には棚が並び、工具類がずらりとフックに留められて並んでいる。ここは自動車の修理工場なのだな、と片山は想像した。ただ車は一台も置かれていない。

片山は男たちに視線を戻した。三人の男以外は誰もいない。拘束《こうそく》はされていなかったから、状況から考えれば逃走も可能に見えるのだろうが、片山には逃げる気などなかった。それはゴリラのような男、関口と名乗った男の存在だった。この男を相手にしては片山も何も出来ない……。その威圧感は半端ではなかった。そして相手はヤクザではなく、麻取りとなれば警察と同じだ。これまで麻薬捜査官と出会ったことは一度もないだけに相手の出方が分からない。

「『三俠会』の所属。出身は大阪、阿倍野《あべの》……」

片山は、「あっ……！」となった。テーブルの上に並べられた免許証には出身地は記載されていないはずだ。それなのにどうして出身地まで知っているのだ？

「726号室の高木興子との関係は何時からですか？　旧姓林興子は会長の高木の配偶者で若頭・林健一の姉ですね」

また唖然とした。この女は興子の存在まで知っている！　しどろもどろに答えた。

「今日が、初めてですわ。ホテルまで送っただけです。わし、会長の運転手やさかい」

女が眉を寄せて片山を見つめる。

「片山さん」

「はい」

「この取り調べは非公式と言いましたが、正規の取り調べに変更してもいいんですよ。正規の取り調べになったら、あなたは残念ながら間違いなく訴追される。それにもう一つ。私たちは警察官ではありませんが、正規の警察と同じ取り調べの権限を持っているんですよ。薬物に関する取り調べに関しては警察の権限よりさらに強い。逮捕の権限もあれば、検察庁で訴追する権限もある。今、あなたが知っておかなければならないのは、警察よりもことあなたに対しての取り調べではさらに強硬な手段も取れるということ。たとえば、警察に許されていない隠密捜査も私たちには出来るということ。ここがあなたに一番大事ところだから、しっかり頭に入れておくように」

どういう意味か片山にはよく分からなかった。こいつら、麻取りの連中には警察の刑事より権限があるということか？

「時間の無駄ですから尋ねられたことには正直に答えて。あなたは何時から高木興子と関係を持ちましたか？」

「……そやから……あれとの関係は、わしが会長の運転手しとるから、それでプールに行く送り迎えを……」

女が手の書類を勢いよくテーブルに叩きつけた。

「いいかげんにしなさい！　今教えたことをちゃんと聞いていなかったの？　問答無用であなたをブタ箱に叩きこむことも出来ると言ったのよ。そうして欲しいなら、もう尋問は止めますよ。検察に送られたら、あなたはどうやっても実刑になるの。だから私は今チャンスをあなたにあげている。無駄にしたいなら中止しますが、どうします？」

結構な美人が夜叉《やしゃ》になって見つめるのに、片山は唖然とした。村上という女の捜査官は穏やかな事務的な口調に戻った。

「見せてあげて」

女が隣の男にそう命じると、能面男は頷いて、それまで自分が見ていたパソコンを片山に押して寄越した。画面を覗き愕然とした。パソコンの液晶画面にはホテルの部屋に入って行く興子の姿が映っている。

「高木興子の入室は二時二十六分……」

能面男がそう告げる。画面が変わる。今度は同じ部屋に片山が入って行く。

「あんたは高木興子に十分遅れて入室。二時三十六分」

啞然として片山は画面から女に視線を戻した。

「あんたが高木興子を残して部屋を出たのは五時四十分。つまり、あんたは高木興子と三時間余り同室している」

能面が事務的にそう言い、またパソコンを自分の前に置く。女が言った。

「いいこと、片山さん、あなたはね、今日初めて私たちに目をつけられたわけじゃあないの。あなたは過去何ヶ月も前から私たちの監視下にある。ですからバカバカしい虚偽の発言は控えなさい。また同じような発言をしたら、このまま検察庁送りにしますから、そのつもりで真面目に答えるように」

優し気な綺麗な顔なのに、この女の尋問は有無を言わせない冷ややかさがあった。

「もういちど訊きます。高木興子との関係は何時頃から?」

仕方なく今度は正直に答えた。

「だいたい……一年くらいですやろか……去年の暮れからですわ」

「どうして、そういう関係になりましたか？」

「それは……」

「あなたが言ったように高木興子は会長夫人でしょう。その会長夫人と不倫の関係を持つのはとても危険なことではないのですか？　それとも、これも会長の指示？　まさかね」

この女は判っている、と片山は思った。わしの苦境がどんなものか知っている……！

「いえ、指示やないです、仕方なく、目ぇつけられて、そうなってしもた……」

「目をつけられたとは？」

「興子がですわ。わしが同じ関西出やということで、何回かあれをホテルまで車で送るようになって……あそこのホテルには温水プールもあって冬でもよう泳ぎに行ったったんです。それで、言われるままに……仕方のう、そういうことになってしもた……」

「会長や組の人に知られたら、とは考えなかったんですか？」

「そら、何度も考えましたわ。せやけど、一度やってしもたら、もうどうにもなりませんのや。あれはしつこい女です、気に入ったら簡単に手放したりせんのです」

「不思議ね。高木興子は夫の高木会長を怖がってはいないのかしら？　妻の不倫に高木は嫉妬《しっと》はしないのですか？」

「そら、バレたらえらい目に遭うと思うてはいるのやろと思います。せやけど、姐さんは強い……会長も普段から姐さんに頭があがらん……会の運営かて、実際には姐さんが決めてはると言われてまんねん。それくらいやから、わしのようには怖れてないんやと……」

「なるほど。事が露見しても、あなたほどには興子に危険はないかも知れない……それでは、あなたは貧乏くじを引いたようなものではないですか」

情けない気分になった。テーブルの向こうの女が言うように、自分は貧乏くじを引いてしまったのかも知れない。

「で、これからあなたはどうするつもりなの？」

「どうて……どうにもなりませんわ、このまま行くところまで行かなしょうないんと違いますやろか。わしも……もう終わりや」

女がふっと笑った。

「あなたも悪を気取っている割には素直ね」

片山は盾突く気力もなくなり女から後ろに立つ男たちを見回した。みんなにやにや笑っている。

「どうせい言うんです？　わしはどうしたら良いか、もう分からん……」

「選択肢はね、あなたにはもう無いんですよ、片山さん」

女が言った。優し気な口調だ。

「冒頭にお話ししましたね。これは正規の取り調べではないですよ。もう一つ大事な話だ、とも言いました。私たちはね、県警のやり方とは別の捜査の権限があるの」

「どういうことですか？」

「それは囮《おとり》の捜査の権限を与えられているということ。私たちは麻薬取締官で、麻薬の取り締まりには警察とは違う捜査手段を取ることもあるということ。分かりますか？」

まだ片山には意味が分からなかった。後ろから肩を摑まれるとゴリラ男の声が掛かった。

「鈍い奴だな。エスにしてやってもいいぞ、と言っているんだ、チャンスをやるとな」

「エスて……何のことですやろ？」

「お友達になるっていうことだよ」

と当たり屋の中年男が横から口を挟んだ。

「なんやて……わしが……あんたらの友達になる言うんかい？」

「そうですよ、片山さん。これからあなたも私たちと一緒に働いてくれる、そういう関係はどうですか、とお尋ねしているの」

女が微笑して言った。

「わしが……ですか……」

「ええ、そう。それが片山さん、あなたが唯一選べる選択肢。他にはどう考えても今の苦境から逃れられる方策はなさそうね。薬物所持の現行犯で挙げられる、そして当然どこでどうして検挙されたかも公にされる。公判になったら、あなたと高木興子との関係もすべて世間に知れ渡る。そして、その結果がどうなるか、あなたにも想像がつくでしょう？　結構長い刑期を勤めあげて、出所したら組の制裁が待っている。どう考えても楽しい将来ではないでしょう。事実を知った高木は、もしかしたらあなたが出所するまで報復を待っていないかも知れない。刑務所の中にもあなたと同業の人たちがいるでしょうから」

嫌なイメージにぞっとした。高木も若頭の林も執念深い男だ。可愛い女房には何もせずに片山だけに報復制裁の目を向けることはありそうなことだ。

片山の表情を見ていた女が言った。

「あなたに選択肢が無いことは、もう解ったでしょう。こちらが提案したチャンスしかあなたが助かる方法はないのよ、片山さん」

「わしは……何をしたらええんですか？　エス言うたかて、わしに出来ることは……」

「今まで通りの生活をしてていいのよ。ただ、必要に応じて私たちに情報を提供する。それだけであなたは自分の苦境から抜け出すことが出来る」

「情報て……どんなこと報せたらええんですか」

「それは俺たちのほうから指示をする」

と後ろのゴリラが肩を叩いた。女の隣の能面が携帯電話を滑らせて寄越した。能面が言った。

「この携帯をいつも持つように。そして常にその携帯でこちらに連絡を入れる。その携帯は特殊なもので一般の物と違って、こちらにしかかからない。一般の携帯とは交信出来ない。こちらから呼び出すこともあるが、そちらの危険な状況を考慮して着信音は鳴らない。軽い振動だけ。ビープ音も鳴らない。だから状況が悪い場所にいたら出なくてもいい。それから、他にいつもの自分の携帯を持っていても構わないが、必ずそれも持つこと。肌身離さず。これを守らないと、あんたはえらいことになる。その携帯には位置情報が分かる機能がついている。あんたが苦境に陥ったら救助するための機能だ。だからいつも持っていてくれないと、こちらで助けることが出来ない。その代わり、いつもそれを使って指示する情報を提供してくれれば、いざという時には、あんたの身柄はわれわれが保護する。最後にもう一つ。絶対に電源は切らないように。そのままで一週間はもつから充電の必要はない。一週間経ったら、また新しい機種を渡す。以上だ」

女が頷いて微笑する。

「あなたはね、自分が危機に陥ったと考えているのかも知れないけど、それは間違い。あなたは幸運にも生き延びるチャンスを手にしたの。その理由を教えます。それは、遠からず『三俠会』という組織がなくなるから。このままでいても結局あなたは『三俠会』のヤクザではいられなくなるの。まあ、高木に、あなたがしていたことがバレずに済んだ場合のことですけどね。その前に制裁を受けて殺されるか、それに近い目に遭うか、あなたはそんな状況にいたわけですから」

混乱した頭にもこの女が言うことは分かった。たしかに自分は危ない橋を渡ってい

たのだ。ゴリラが片山の肩を抱き、

「こっちの決めた手筈でこれからしっかり働けば、おまえのケツは持ってやると言ってるんだ。ま、しっかりやれや」

と覗きこむ。

たしかに拒否する選択肢は片山には無かった。

「分かりました、やりま、やりますわ。で、わしは、何を？」

「そう張り切るな、急に難しいことをやれとは言わないからよ。とりあえず会長と林の動向を定期的に報せてくれればいい」

片山は二度頷き、

「分かりました、報せます」

と涙目になって頷いた。女も優しい声になって言う。

「とりあえず、夜の十時にその日の会長と林の動向を報告すること。ただし二人に特別な動きがあった時は別。至急報告して。そして当然だけど、警戒して。危ない状況から通話はしないこと」

「分かりました、や、やらしてもらいます！」

後ろのゴリラの手が片山の肩から首に伸びる。

「その代わりいい加減なことをしたら、容赦はせんぞ。おまえの動きはしっかり見張っているからな。裏切ったら、今度は何も言わずにぶち込む」

笑顔でそう言い切る関口に、これも本当だろうと片山は大きく頷いた。

二

江満は朝食を断り、松井を残して宿を出た。江満と松井が泊まった宿は『笹の川』では一、二と言われる豪華な温泉旅館で、どの部屋からも広々とした海が見えた。安い旅館の多いこの温泉地でもこの宿は別格で、一人の宿泊代はおそらく五万以上はするのだろう。宿を取ったのは松井ではなく『笹の川』の市会議員か『麻生土建』社長の麻生龍三《りゅうぞう》のどちらかだ。江満が昨夜、芸者を揚げてのどんちゃん騒ぎで飲んだ酒はおそらく一升を超える。酒席ではさほど酔わなかったが、それでも朝になれば微かな頭痛はあり、二日酔い気味ではあった。江満の倍は飲んだ松井は朝飯も食わずにまだ床にいる。

江満が『笹の川』に来たのは『三俠会』の高木会長の指示で、『笹の川』進出にあたっての根回しのためだった。江満が組を立ち上げるには看板が必要だった。江満はここに建設会社を作らなければならない。当然地元での協力者が必要で、昨夜の宴会で同席した二人が新しい建設会社の非常勤役員となり、地元での調整を受け持つことになっている。市会議員の浜田は地元では古手の市会議員で、市議会ではそれなりの力を持つ。同じく土建会社の麻生は、以前は県会議員もこなしていた地元の有力者で、一時は知事の座を狙っていた男だった。

すでに江満は松井を事前に『笹の川』に派遣してこの町の情報を得ていたが、それでも実際にこの二人の地元実力者に会って江満は改めて『勝村組』がいかに根強くこの地に地盤を築いていたかを思い知らされた。『勝村組』の組長勝村常次郎は間違いなく土着のヤクザとして住民に許容された存在で、驚いたことには地元警察との反目どころか協調する組でもあるという事実だった。さらに驚くことには、勝村常次郎の長男・勝村英彦《ひでひこ》が市長で、来期は知事選に出馬するだろうと言われる人物だったことである。ヤクザの息子が市長になり、さらには知事の座を狙う……。週刊誌がすっぱ抜けば大騒ぎになりそうな事実だが、それを口にした松井に、市会議員の浜田は苦い笑いでこう言った。

「土地柄ですよ、土地柄。週刊誌がいくら騒いだって、あの市長はビクともせんですわ。市長や知事ってのはご存知のとおり選挙でなるんだからね。事実がどうあれ選挙民が勝村を好きなんだからどうしょうもない。そりゃあ知事選は大変かも知らんけど、とにかく勝村英彦といったら親父と同じで人望が凄い。『笹の川』はむろん、県でもあの男の人気は凄いですからな。ゴシップくらいじゃあビクともせんのですよ。そうでしょう、選挙民だってあの男が最初からヤクザの息子だと分かっていて選んでいるんですから。だからよその土地の者がなんだかんだ言っても、そんなもん屁でもない。彼自身はヤクザじゃあないですからね。しかも彼は東大出でアメリカだかどこだかに留学までした男ですよ。弁護士資格も持っとるし、しかも蓑田《みのた》原発を潰したというんでまた人気が上がった……。ご存知のとおり私らはこれでどれだけ痛めつけられたか分からん。あれがおらんかったら出来るはずだった蓑田原発も廃案にならずに済んだんですよ。いやいや、私なんか大したことはないが、こちらの麻生社長は大変ですよ、当てにしていた公共事業がみんなパーになっちまったんですから泣くに泣けないんですわ」

「原発ってのは、どういうことです?」

と訊く江満に浜田が答えた。

「いや、おふたかたはもう知っておられると思うが、原発はうちらの県ではないですがね、地図を見てみりゃぁ分かる、原発予定地だった蓑田市はこの『笹の川』の真裏ですよ。小さな山一つ越えれば蓑田になる。つまりですな、『蓑田市』に仮に原発が出来ればその影響は『蓑田市』にとどまらない。何だか断層が繋がっておるんだとか。間接どころか直接この『笹の川』にも影響を及ぼすわけです。そこで市長の勝村の長男が反対運動を起こした。たかが『笹の川』の市長ですが、あれは力がありましてね。県議会よりも市長のほうが今は権限があるんですよ。で、勝村の反対は市民だけでなく県民を大きく動かした。昔ならここで地元のヤクザが活躍して話をまとめる構図なんだが、なにしろ肝心の勝村英彦のところがヤクザなんですから、どうにもなりませんわ。だから県も市も乗り気になったところで、この勝村市長にドスンとやられた。一番の被害者は社長ですよ。麻生社長は知事と県議会の了解のもとに原発実現にそれこそ何年も頑張って来られたんだからダメージは大きい。『笹の川』のダメージもさることながら、麻生社長のご苦労は半端なものじゃあなかったんですよ」

麻生は苦笑して頷いた。

「たしかにね、浜田先生の言うとおりでしたね。もし原発が出来ていたら、この『笹の川』も一変していたはずです。ケチな温泉事業にかじりついていなくても雇用を含めて経済的な効果は相当なものだったはずですから。市の財政も一挙に良くなる。

年々細くなる観光事業だけに頼らなくてもよくなる。まあ、そんなチャンスを逃したわけです。ですからね、私の目から見れば、勝村英彦の罪は重いと思いますよ。県民も市民もそれを知らないだけでね。口当たりが良くて、見てくれの良い市長に、これが正義だ、と乗せられて良い気分になっている。まあ、不徳のいたすところではありますが、残念ですな」

この酒席の会話で、江満は『三俠会』会長の思惑に気づいた気がした。高木はこの温泉町を歓楽街に変えたいだけではなかったのではないか……？　このひなびた温泉町の縄張りを狙う理由は何か？　進出の目的は、ただ売春組織を立ち上げるためではなく、原発の誘致をふたたび狙ってのことかも知れない。そのためには県議会と市議会を動かさなければならない。邪魔なのは市長の勝村英彦で、そして『笹の川』に根を張っている『勝村組』という図式だ。その勝村一族を潰す……。それが俺の役どころだとしたら、あの竜二が言ったとおり楽な仕事ではない。酒に酔えなくなったのは、『三俠会』会長・高木の腹の中を透かし見た気がしたからだった。

江満は宿に車を頼み、海岸近くの浜通りに向かった。ひなびた商店街の手前で江満は車を降り、運転手にしばらく待つように言って商店街に向かって歩き始めた。昼前の商店街に人はまばらだ。それでも何軒かは店を開ける準備をしている。江満は煙草を咥え、昨夜、仲居に教えてもらったとおりに街を進んだ。土産物屋《みやげもの》が数軒、飲食店、家庭雑貨の店、食堂、と続いている。

江満は立ち止まると煙草の煙を吐き、ガソリンスタンドの手前にあるその店を見つめた。そこはあの夜、兄の江満一生が酒を飲み、発砲した現場だった。だが、今はもう飲み屋ではなく、こぢんまりした喫茶店に変わっている。入ってみたかったが、店はまだ開店していない。江満は諦めて再びタクシーに戻り、今度は海岸通りに行くように命じた。これも昨夜仲居に詳しく聞いた場所だ。

「ここらで停めてくれ。あんた土地の者だろう？」

「そうですが……」

「だったら勝村のおやじさんを知っているよな」

それまで愛想の悪かった運転手はとたんに嬉しそうに、

「ああ、ロミ常の親分ですか。知っていますよ。土地の者で知らん者はいませんよ」

と笑顔で答えた。

「これからその親分に会いに行くんだが、何でロミ常の親分と呼ばれているんだ？」

「何でって、そりゃあロミなんだかって女優のファンだからですよ。その女優の出ているＤＶＤならみんな持ってるって話ですよ。これも、この『笹の川』の人間なら誰だって知ってる話でね。有名ですよ、あの親分は」

「人気があるんだな」

「そりゃあね。災害の時は家財質に入れても炊き出しするって人だから。大したもんですよ、ロミ常の親分は」

江満は苦笑した。この運転手の言うことが本当ならおかしな話だ。そもそもヤクザが好きなカタギは映画の中のヤクザだけで、本物が好きな奴はまずいない。

「『勝村組』の事務所はこの先だよな?」

「そうですが。そこまで行きますか?」

「いや、いい。歩いて行くからここで降りる」

運転手にこのまま待っていてくれ、と告げ、江満は車を降りた。

海岸には防波堤が築かれ、その外側は大きな消波ブロックが無数に並んでいる。波は荒く、これでは舟をつけるのは大変だろう。海の間近であっても漁港には向いていないのかも知れないと江満は思った。防波堤のはずれは民家が連なっている。ここにも大きくはなさそうだが商店が並んでいる。先ほどの商店街よりもずっと古い佇《たたず》まいで、店のほとんどは開店前だ。それでも地元の男女が何人か立ち話をしていたり、開店の準備をしていた。

この場には派手なジャケットにGパン、そしてサングラスという江満に人々の視線が集まる。江満はそんな視線を無視して、さして広くない通りを進んだ。先ほどの商店街が出来る前はこの町並みが『笹の川』の中心だったのかも知れない。魚屋、理髪店、洋品店などの小さな店が並んでいる。

江満は歩きながらまた煙草を咥え、火を点けた。顔を上げ、煙を吐き出したところでその姿を見た。前方、二十メートルほどのところで立ち話をしている人々。四人ほどの男女の真ん中にいるのは車椅子の年寄りだ。江満はその笑い声がする男女に向かって歩き出した。車椅子で膝掛けをした老人の後ろにはやはり白髪の女がいる。その女が車椅子を押している。

笑い声が収まると、人の輪が崩れ、車椅子は近付く江満に向かって進んできた。ちょうど江満がその車椅子に立ち塞がる格好になった。仁王立ちの江満の前で車椅子が停まる。車椅子を押す女が初めて厳しい目で江満を睨んだ。車椅子の年寄りのほうはまだ穏やかな笑みを浮かべたままだ。

江満は車椅子の老人をじっと見つめていた。ゆっくり咥えていた煙草を捨てた。

「『勝村組』の勝村常次郎さんだね」

江満の問いに、老人が頷くより早く、車椅子を押していた女が前に出た。

「あんた、カタギじゃあないね？　見かけない顔だね。人に名前訊くんなら自分が先に名乗ったらどうだい」

女が言った。遠くで見た感じとは違い、傍で見れば結構若い。歳は五十過ぎか。白髪のくせにドスが利き、威勢がよかった。

「たしかにそうだな。俺は江満だ。江満一生の弟だよ」

女が怯む様子はなかった。

「ほう、そうかい。あのクズの弟か。何の用でわざわざ『笹の川』まで来たんだい。動くことも出来なくなった年寄り相手にゴロまきに来たのかい」

女はたぶん弘子という女房だろうと江満は思った。殺しに来たかも知れないヤクザを前にしても、この小柄な女には怖れる気配はまったくない。大したものだ。

「出来の悪い鉄砲玉を送ってもらった礼を言おうと思ってな」

と江満は答えた。

「鉄砲玉？　何のことよ！」

「忘れたか？　あんたたちがわざわざY市まで送り込んできた男のことだ。次はもう少しましなのを雇え」

江満がそう言って煙草を出そうとポケットに手を入れると、女が勝村を庇って両腕を広げて車椅子の前に立ち塞がった。

「何を馬鹿なことを言ってるの！　喧嘩の手打ちは済んだはずでしょうが！　それでも何かい、兄貴と同じでまだ年寄り相手に難癖《なんくせ》つける気かい。極道なら極道らしくしたらどうなんだい！」

女が絶叫すると、先刻車椅子を取り囲んでいた人たちが一斉に走り寄って来た。男だけでなく歳の行った女も交じっている。彼らは江満を取り囲み、凄い形相《ぎょうそう》で江満を睨んだ。携帯を取り出して何か話している女もいる。江満は苦笑して煙草を取り出し新しい一本を口に咥え、言った。

「済んだ話をまた蒸し返しているのはあんたたちなんじゃあねえのか？　あんたらが送り込んできた鉄砲玉のおかげで俺の舎弟は足を撃たれてる。俺はこのとおり無事だが、黙って済ませる話でもないだろう」

車椅子の勝村がまあまあといった顔で女の腕に手を掛けて江満に言った。

「兄さん、あんた何か誤解してるんじゃないのかい？　わしを弾きに来たのかも知れないが、ご覧のとおり、ここにはカタギの衆も多い。周りに迷惑だから、何ならわしの家に来たらどうかね。話ならそこで聞くよ」

勝村常次郎の表情は穏やかで江満を怖れている気配は微塵《みじん》もなかった。江満はサングラスを外して答えた。

「ここであんたに何かするつもりはない。ただ一言、命取る気ならちっとはましな鉄砲玉を使えと言っておきたかっただけだ」

「あんた、馬鹿か！　あたしらがそんなことをするわけがないでしょう！」

と白髪女が叫ぶと、勝村が苦笑して女を止めた。

「分かってないな、兄さん。わしらは手打ちで決まったことはちゃんと守ってる。おかしなことでわしもこんな姿になったがね、だからって恨みを晴らそうと考えちゃあいねえ。喧嘩ならケチな手を使わんで作法通りにきちんとやる。なぜか分かるかい、兄さん。こちらの皆さんもご存知だ。わしらはヤクザで近頃の暴力団ちゅうもんとは違うんだよ。だから鉄砲玉飛ばしたりはせんよ。あんたを殺る理由もないしな。それでも兄さんが揉めたいって言うなら、手打ちの仲介に立った親分衆に断りを言ってから出直しな。わしらは逃げも隠れもせん」

「ほう、あんたはヤクザで、暴力団じゃあねぇって言うのか。ヤクザと暴力団と、どう違う？」

勝村は笑って言った。

「分からんかい。任侠心だよ。それがなくっちゃあ愚連隊と変わらん」

そして笑って続けた。

「ご覧のとおりこんな姿だ、逃げも隠れも出来んことは兄さんでも分かるだろう。ただ、こいつは言っておかんとな。この『笹の川』って町は、ヤクザには住みやすい優しい町だが、暴力団には滅法厳しい。戦争仕掛けるんなら覚悟して来ることだ」

この年寄りの言うとおりかも知れないと、江満は凄い形相で車椅子を護る町の男女を見て思った。『勝村組』は何人もいない小さな組だが、竜一が教えてくれたように、町の人間のすべてが組員のような気がしないでもない。息子の市長だけでなく、タクシーの運転手が言ったとおり、この勝村にも人望があるということか。

「悪かったな、勝村さん、あんたの言うとおりだ。別に今日はあんたを狙って来たわけじゃあない。ただひょんなことで、俺もこの町に暮らすことになるかも知れない。挨拶がてら、このへんをぶらついただけですよ。驚かせたんならお詫びする」

江満はそう言って軽く頭を下げると勝村に背を向けた。

待たせてあるタクシーに戻りながら、江満は考え続けていた。Y市にヒットマンを送り込んだのは、『勝村組』ではなかったのかも知れない……。もしそうだとしたら……だが、江満には心当たりはなかった。俺を狙って鉄砲玉を送り込んだのは、いったいどこの誰だ？

タクシーに乗り込むと、旅館に戻るように告げた。タクシーの運転手が言った。

「同じ道ではつまらんでしょう。景色が良い山際を走って帰りますか。料金はそんなに違わんから」

「ああ、いいよ、そうしてくれ」

消波ブロックの多い海岸通りを抜け、タクシーは山に向かうルートに走り出した。

携帯が鳴った。携帯に出た。

「どうした？」

掛けてきたのは宿で寝ているはずの松井だった。

「今、どこにいるんですか？」

「タクシーの中だ。じきに帰る」

「急いで戻って下さい、光岡の兄貴から電話があって……」

「光岡がどうした？」

「……西田の会長が……消えたそうです。それで至急話がしたいって言ってます」

竜二が消えた……？　『三俠会』からの破門は偽装で、竜二は『三俠会』のボディガードに護られて隠れ家に待機していたはずだ。何かあったのか？

「分かった、すぐ戻る。おまえもすぐ出られるようにしておけ」

携帯を切ると運転手に告げた。

「悪いがすぐ宿に戻ってくれ、観光は次にする」

竜二がやられた……。悪い予感に、江満は唇を噛んだ。


（下巻へ続く）

本書は書下ろしです。なお、この作品はフィクションであり、登場する人物および団体はすべて実在するものといっさい関係ありません。

闇の警視　撃滅（上）

一〇〇字書評

切り取り線

購買動機（新聞、雑誌名を記入するか、あるいは○をつけてください）

□（　　　　　　　　　　　　　　　）の広告を見て
□（　　　　　　　　　　　　　　　）の書評を見て
□ 知人のすすめで　　　　□ タイトルに惹かれて
□ カバーが良かったから　　□ 内容が面白そうだから
□ 好きな作家だから　　　　□ 好きな分野の本だから

・最近、最も感銘を受けた作品名をお書き下さい

・あなたのお好きな作家名をお書き下さい

・その他、ご要望がありましたらお書き下さい

住所	〒				
氏名		職業		年齢	
Eメール	※携帯には配信できません	新刊情報等のメール配信を 希望する・しない			

この本の感想を、編集部までお寄せいただけたらありがたく存じます。今後の企画の参考にさせていただきます。Eメールでも結構です。

いただいた「一〇〇字書評」は、新聞・雑誌等に紹介させていただくことがあります。その場合はお礼として特製図書カードを差し上げます。

前ページの原稿用紙に書評をお書きの上、切り取り、左記までお送り下さい。宛先の住所は不要です。

なお、ご記入いただいたお名前、ご住所等は、書評紹介の事前了解、謝礼のお届けのためだけに利用し、そのほかの目的のために利用することはありません。

〒一〇一―八七〇一
祥伝社文庫編集長　坂口芳和
電話　〇三（三二六五）二〇八〇

祥伝社ホームページの「ブックレビュー」からも、書き込めます。
http://www.shodensha.co.jp/bookreview/

祥伝社文庫

闇《やみ》の警視《けいし》 撃滅《げきめつ》（上）

平成28年12月20日　初版第1刷発行

著　者　阿《あ》木《ぎ》慎《しん》太《た》郎《ろう》
発行者　辻　浩明
発行所　祥伝社《しょうでんしゃ》
東京都千代田区神田神保町3-3
〒101-8701
電話　03（3265）2081（販売部）
電話　03（3265）2080（編集部）
電話　03（3265）3622（業務部）
http://www.shodensha.co.jp/

印刷所　堀内印刷
製本所　積信堂
カバーフォーマットデザイン　芥 陽子

Printed in Japan ©2016, Shintaro Agi ISBN978-4-396-34268-5 C0193

祥伝社文庫の好評既刊

阿木慎太郎　闇の警視

広域暴力団・日本和平会潰滅を企図する警視庁は、ヤクザ以上に獰猛《どうもう》な男・元警視の岡崎に目をつけた。

阿木慎太郎　闇の警視　縄張《シマ》戦争編

「殲滅目標は西日本有数の歓楽街の暴力組織。手段は選ばない」闇の警視・岡崎に再び特命が下った。

阿木慎太郎　闇の警視　麻薬壊滅編

「日本列島の汚染を防げ」日本有数の覚醒剤密輸港に、麻薬組織の一員を装って岡崎が潜入した。

阿木慎太郎　闇の警視　報復編

拉致《らち》された美人検事補を救い出せ！　非合法に暴力組織の壊滅を謀《はか》る闇の警視・岡崎の怒りが爆発した。

阿木慎太郎　闇の警視　最後の抗争

警視庁非合法捜査チームに解散命令が出された。だが、闇の警視・岡崎は命令を無視、活動を続けるが……。

阿木慎太郎　闇の警視　被弾

敵は最強の暴力組織！　伝説の元公安捜査官が、全国制覇を企む暴力組織に、いかに戦いを挑むのか⁉

祥伝社文庫の好評既刊

阿木慎太郎　闇の警視　照準

ここまでリアルに〝裏社会〟を描いた犯罪小説はあったか!?　暴力団壊滅を図る非合法チームの活躍を描く!

阿木慎太郎　闇の警視　弾痕

内部抗争に揺れる巨大暴力組織に元公安警察官はどう立ち向かうのか!?　凄絶な極道を描く衝撃サスペンス。

阿木慎太郎　闇の警視　乱射

東京駅で乱射事件が発生。それを端に発した関東最大の暴力団の内部抗争。伝説の「極道狩り」チームが動き出す!

阿木慎太郎　暴龍〈ドラゴン・マフィア〉

捜査の失敗からすべてを失った元米国司法省麻薬取締官の大賀が、国際的凶悪組織〈暴龍〉に立ち向かう!

阿木慎太郎　悪《ワル》狩り

米国で図らずも空手家として一家をなした三上彰一《みかみしょういち》。二十年ぶりの故郷での目に余る無法に三上は拳を固める!

阿木慎太郎　流氓《リュウマン》に死に水を　新宿脱出行

絶体絶命の包囲網!　元公安刑事と「流氓」に襲いかかる中国最強の殺し屋。待ち受けるのは生か死か!?